小村雪岱随筆集

真田幸治編

幻戯書房

目次

序のかはりに

一、装幀と挿絵

二、女

三、舞台と映画

四、町と旅

五、雑

六、泉鏡花と九九九会

表紙絵・タイトル文字　小村雪岱
装幀・組版　真田幸治

小村雪岱随筆集

凡例

一、本書は小村雪岱の随筆を集成している。既刊の『日本橋檜物町』に収録された三十篇に、新たに四十四篇を加え、計七十四篇の文章で構成した。
一、表記について、漢字はすべて新字体に改めた。
一、仮名は原文のままとした。
一、原則的に明らかな誤植は訂正した。
一、読みやすさを考慮して適宜ルビを補い、一部句読点を挿入、改行した。
一、収録にあたっては、可能な限り初出紙誌を参照した。初出を確認できなかった文章については、『日本橋檜物町』（高見澤木版社、昭和17・11・20）を参照した。
一、『日本橋檜物町』に未収録で、その存在を確認できている文章もあるが、初出にあたることができなかったものは本書への収録を見送った。
一、引用文について、原典を参照できなかったものには、修正を加えていない。
一、本文中、今日的観点では不適切と思われる表現があるが、執筆時の社会背景、作品の芸術性を鑑み、そのままとした。

序のかはりに

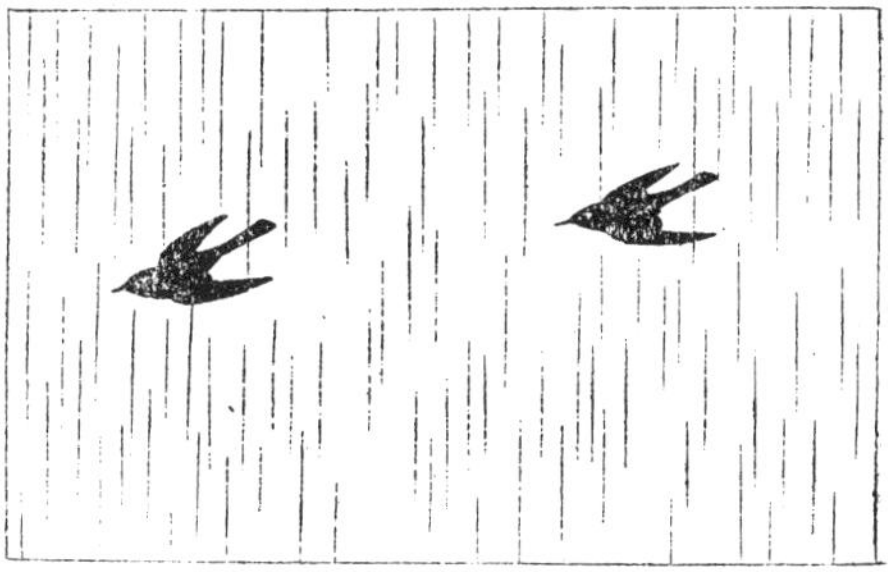

初めて鏡花先生に御目にかゝつた時

「図書」第5年第50号／泉鏡花号（昭和15年3月5日）

明治三十六年の秋であつたと思ひますが、東京美術学校の教室で、古画の模写の時間に机を並べて居たのは、小林波之輔君といふ珍らしい秀才でありました。其時小林君は雪舟筆四季山水を写してゐた事を記憶して居ますが、自分は何を写してゐたか覚えて居りません。如何したはずみか話が小説の事になりまして、同君は、鏡花の小説ほど好きなものはないと言つて、暗記してゐる様に話して呉れましたのが龍潭譚でありました。成る程何とも言へない程面白い。私はそれまで小説を少しも読みませんので、泉先生の御名前も知らずに居りましたが、それから古本屋あさりを初めました。丁度其頃は薬草取、白羽箭などを御書きになつた時分でありますから、さかのぼつて古雑誌など探し初めた訳であります。随分夢中で集めまして大体皆読んで仕舞ました。其頃私は日本橋の檜物町に住つて居りましたので、私の家へ来る女髪結が春陽堂の御出入でありましたため、いろ〳〵先生の御様子を聞かせて呉れました。五六年の間、此様にして居ります内に、それは明治四十二年の夏でありましたか、誠に〳〵思ひがけもなく、先生に御目にかゝつたのであります。それは福岡医科大学の久保博士が令夫人と御一所に上京され、駿河台の旅宿に御いでの時でありました、博士の御知合に、日本で初めて鼻茸の手術をした医者の肖像、豊国の筆になるのを御持の方がありまして、その模写を私の先輩笹島秀彌氏へ御依頼になりましたが同氏に差支があり、私がかはつて其模写に御宿へ数日間通ひました。博士は御用で毎日御出かけになりますので、令夫人といろ〳〵御話をして居りますうち、鏡花先生の小説の御話になりました。夫人は余程前から非常なる鏡花先生の愛読者でおありでした、私などの少しも知らぬ御作の話を沢山に伺ひました。

或日の事でした、矢張り御宿へ伺つて摸写をして居ますと宿の女中が夫人に、泉さんの奥さんが御見えになりましたが御通し申上げませうか、と伺ひました時、その背後で通つてゐますよと言はれましたのが、思もかけぬ泉先生の奥さんでありました。色の白い二十台の奥さんは、国貞ゑがく岩井粂三郎の白糸によく似ておいでの御方だと思ひました。

その翌日、今度は先生が御見えになりました。夫人に御願ひして初めて御挨拶を申上げました、真にそれは〳〵色の白い小柄な、丁度勝気な美人が男装をした様な方で、私は全く驚いて仕舞ました。足袋は八文半といふ事をあとで伺ひました。暫くの間誠に丁寧な御言葉で、様々の御話が御座いましたが、有頂天の私は何も覚えて居りません。ただ怪談の怪は水の流れる様なもので二度とかへりません、と言はれました事と、遊びにおいでなさい、と言はれました事を記憶して居ります。あとで考へますと、丁度白鷺の御仕度中であつたと思はれます。御年は三十五六でありました。それから間もなく私は嬉しさのあまり、生来の引込思案にも似ず、大和の法華寺で授けられました、木彫の地蔵菩薩を持つて、御宅へ伺ひました。三十年以前の事であります。

一、装幀と挿絵

推古仏——私のモデル

「サンデー毎日」第16年第11号／春季特別号（昭和12年3月5日）

私は挿画を画きますのに、未だモデルを使つたことはありません。また平素の心がけとしても、女を写生したことはありません。それは写生を致しますと反つて画がかけないのであります。それでありますから、誠に不完全な、記憶にたよつて形にして行きます。したがつて人の形は不完全で、かつ、画の中の人々に個性といふようなものが出憎いのであります。つまり女の顔のことにして見れば、皆人形づくつて、誰も彼も同じ似た顔になつて仕舞ひます。この人形のような顔になることは絵が死物になりやすいのでありますから、実に危険であります、たゞ願ふところは、木で造つた仏像がちよつとでも笑ふように型に入つた人形の顔が少しでも泣くような情《ぜう》がそれこそちよつとでも見えますようにと、希《ねが》ふほかはありません。

そのように願つてはをりますが、私の絵は、皆人形づくつたまゝで、個性としての表情は出ないのでありますから、これに似た実在の人はなさそうに思はれますが、実は中々多いのであります。

或はこれは顔だちが型に入りかつ表情に個性がないので、反つて似て見えるかと思はれます。折々人によく君の絵に似てゐる女がどこそこにゐると、いはれます。また中にはその人にあはせてくれる人もあります。なるほどよく似てゐる人もあると思ひます。またどうか致しますと、一度もあつたこともないのに、自分を写生して画いてゐるなどゝいつてゐる女もあります。かういふことがありました。ある土地の芸妓ですが、その姿なり顔が私の絵によく似てゐるといふ

評判で、自分でも、小村の絵は自分がモデルだと人にいふばかりでなく、小村があまり気に入つたので、ある美人画の大家に引合せ、その大家がまた大に喜んで、それをモデルにして、大作を画かれたといふ。その女から話を聞かされたのが、私の懇意にして頂く某高官で、君実際かと聞かれた時は驚きました。無論一度も見たことはない人なのです。以上は皆現在繁昌の方々でありますから名前はかくします。これは少々行きすぎましたことですが、私はよい機会があつたらその人に一度あつて見たいと思つてゐます。

それから私はいづれかと申せば、天然のものよりは人工のものゝ方が興味があります。推古仏の中ほどに、何ともいへないくらゐほれ〴〵とするのがあつて一度拝みますと、二三日気持が奇麗になり行儀がよくなります。かういふ好きな仏様の前へ出ますと、妙な話ですが、如何にも初めて拝んだような気がしません。百年も二百年も前から度々拝んでゐるように思はれて、実に因縁が深く感ずるのであります。そして岡倉覚三先生の三世同聴一楼鐘の句を思ひ出されます。

私にとりまして、一番嬉しくも有り難いのは、その仏像なり、または古画や浮世絵等の名作で、実にほれ〴〵とした、その俤《おもかげ》を現在の人の上に見出した時であります。

前に申しました推古仏によく似た女人を、私は知つてをります。推古仏と申しますと、ひどく古めかしく妙な顔のように思はれますが、どうしてなか〳〵さうでありません。中には洋装をさせてもよく似合さうなものもあります。また男には力士の中に四天王像によく似た人がゐます。また奈良の興福寺にある阿修羅王によく似た女人を知つてをります。これも阿修羅王と申せば、ひどく荒く聞えて、女人がこれに似たとは妙に思はれますが、これは実に端麗な童顔に強い気魄を包み、誠に凄艶な趣があります。

私は近来女が皆美しくなつて来て、あまり妙な顔をした人は少なくなつたように思ひます。銀座辺を歩いても、芝居や園遊会へ参りましても、随分美人を見ます。しかしながらただ実に美しいと思ひましても絵にする場合はまた違ひます。

私は絵にしたくなります美人は、前に申しました、初めてあつた人ではないように思はれる顔だちの美人であります。

私は先年邦枝完二氏作の小説「江戸役者」の挿画を、大阪毎日新聞と東京日日新聞に画いたことがあります。これは八代目團十郎を主人公として、いろ〳〵の人を絡ませた小説でありますが、そのなかに柳橋の芸妓で小雪といふのがあります。

この小雪は邦枝氏の小説第二回目で、花魁吉の仇名で通つてゐる、猿若町の纏持吉兵衛といふ、花魁道中と桜の文身《ぶんしん》のある男と、身体中に金太郎の鯉つかみを朱彫にした民といふ男が、朝湯で大喧嘩を初めた時に、丁度湯に来て居て留女に出ますのが初めで本文にはかういふ風に出て居ります。

喧嘩と知つて、慌てゝ湯から上つたのであらう。柳鼠のあられ小紋に、茶献上藤の一本独鈷の昼夜帯を引つ掛けに結んだ、きりつと締つた立姿。両手を拡げた肩のあたりから、島田の三つ襟が一刷毛ぼけて、紅梅色の耳朶《じだ》を鬢《びん》の間に窺かせた風情は、憎いまでにくつきりと抜け上つた襟元を、白薩摩の肌の様に滑らかに見せてゐた。

この小雪を画きました時には或美人を借りました。借りたと申しても、無論前申しました通り写生は致しません。たゞ記憶であります。

私は江戸末期の浮世絵の顔では、国貞の画く女の顔を最も好みます。この女人は私にとりまして国貞の美人の俤を現在に供へてゐる唯一無二の人でありまして、実に珍重おく能《あた》はざるものであります。私がこの人を初めて見ましたのは八、九年以前でありますがその時の見方は今において少しも変つてゐないのであります。

多情仏心の挿絵に就いて

「春陽堂月報」第21号（昭和4年2月5日）

今度明治大正文学全集の里見弴集が出るので楽しみにして居る次第だが、その中に多情仏心が這入ることは至極最もの事と思ふ。数多い傑作の中でも最も大作であるから。処が光栄な事には私は嘗てこれが時事新報へ出た時に挿画を画いたので今でも思ひ出すと其当時の嬉しさと恥かしさを思ひ起す。私が初めて里見弴氏の御名前を覚えたのは白樺の初めの時まだ同人の方の御名前を一人も知らぬ時に泉鏡花先生から里見氏の非常な評判を承はるので白樺を読んだのが初まりでそれから随分数多く拝見して、いつも里見氏特有の神韻とでも云ふ様なものを感じて居るが、此の感銘は何と言つたらよいか私には如何しても口に出せない。

それで、今日は多情仏心の挿画に就いて求められるままに思ひ出た事を述べて見度《みた》いと思ふ。

一言に言へば実に六ケ敷《むつかし》かつた、里見氏の筆から私の受ける感銘が私の筆に出ないのである。よく人から言はれるのは対話の場面が長く続いて、毎日同じ場所が出る様な場合に困るだらうと言はれたが、私としてはこれは末の末で、先づ里見氏の筆にある神韻が出せないので、之には実に困る、それではその神韻といふのは何かと言はれれば、これは私も是非聞いて頂き度いが前にも言ふ通り私には如何しても話せない、愛読して居られる方々は確かに御心当りの事と思ふ外はない。此の心持を挿画に現はす事は今の私にも思ひも寄らない、けれども決して現す事の出来ない性質のものではないと思ふ。そして、誰か天才が出てこれを画き出し得れば、これまでの挿画に未だ現れなかつた一つの世界が現はれると信じて居る。

此の多情仏心は里見氏も非常な御苦心で中途に大震災其他種々の出来事があつたが中絶せず、丁度一年で完結した。それから暫くして私は京都へ行つて居た時に単行本の出る運びとなり里見氏の考案で京都で売る御経の表紙に使ふ丹色《にいろ》の紙を表紙にする事になり猪熊通り松原上る何某の所へ誂《あつら》へに行つた様な訳で、私にとつて誠に縁が深い。それには其当時里見弴氏から頂いた手紙が実に沢山ある、そのうちの一二を御目にかけ度《たい》と思ふ、これは里見氏の甚だ御好みにならぬ事と御察ししながらやる事で、相済まぬ次第である。

信之。三十五歳。骨太なれど痩形。小づくりの方。特徴。禿上つた広く高い額。下顎の発達鈍し。即観相学上実行力の乏しき相。眉の上観察力の部分は発達著し。目は澄みたれども労れたり。髪の理へ方はざつと谷崎君の様に。

おもん。小柄、けんのある相貌、強ゐて不器量なる必要はなけれど、決していゝ女と云ふにはあらず。但し淫婦らしい色けは十分にある女。

お澄。中肉中背、けんといふより威のある顔だち。

姉の肉的なるに対してやゝ智的とも云ふべきか。

額眼のあたりにその特色あり。口はやゝ肉的にても差支なし。まづまづ美人なり。

これは主人公信之とおもんお澄が初めて現れる時の人相書で所謂《いはゆる》美男子でもなし勿論ぶ男ではなし、此の人相書を見て里見氏の御作を読めば実に明白だが、挿画に出すには誠に六ケ敷い。

又之はおもの家が出た時頂いた間取図で、無論一部分しか出ないのだが蔭にそれだけの用意がある。

兎に角見へもせぬ処にこれだけの用意があるといふ事は其の当時全く偉いと思つた。

現在私は挿画を習ふ上に里見氏の小説を一つの目標として居る。

新聞小説の挿絵――「忠臣蔵」を調べる

「ホーム・ライフ」第3巻第2号（昭和12年2月1日）

私はこれまで忠臣蔵といふものは好きではありましたが、特に興味を持つてはをりませんでした。報知新聞の忠臣蔵の挿絵をかきますにつき泉岳寺は元より京都山科の大石閑居の跡、赤穂等を見て参りましてから実に忠臣蔵が好きになりました。ことに赤穂は交通の不便なためか、いかにも物静かなところで、昔の城下町の様子が誠によく残つてをります。赤穂城などは建物こそありませんが、廓は皆元の如くで、元禄の絵図をひろげて見ますと義士の邸の跡も皆よくわかります。

大手の門内に大石邸これは表門が元のまゝ残つてをります。水手門内に奥野将監。塩屋門内が大野九郎兵衛の邸で今は畑となり石垣には荒草が繁つてをります。四十七義士の顔には困りました。画像や木像を随分見ましたが、いづれも長幼の別だけで同じ顔が多いのです。結局赤穂花岳寺住職の厚意にすがりまして木像堂の木像を皆写させて頂きこれによつて顔をかきました。これは義士三十年忌に出来たと申すことですが中々よい作で作者は三人くらゐかと思はれました。その日は丁度小春日和で

お濠を埋めた田の中の城の石垣の下にをりますと、日が真黄色にてらし苔の蒸した石垣には真紅な葛《かずら》がからみ、裾には野菊が咲いてをりました。

「お伝地獄」の挿画の抱負

「読売新聞」夕刊（昭和9年9月9日）

高橋お伝といふやうな肌合ひの女には興味があるのですが、いままで描いたことはありません。伝法で毒婦型の妖艶な女を描くといふことは楽しみです。それに時代にも興味があります。チヨン髷もあれば、ザン切りもあるといふ風俗的にみても、明治初年の最も過渡期に当る時です。お伝の行動した場所も江戸や横浜を背景にしてゐるので面白味があります。風俗的な資料も蒐《あつ》めてゐますが、とにかく精一杯に描いて江湖の御愛顧を得たいと思つてゐます。

「浪人倶楽部」の挿画の抱負

村松さんのものは情緒纏綿《てんめん》たるところがあつて実は私も日頃から愛読者の一人です。今度も材料の話を聞きますと色気たつぷりなところがあるやうですから私も大いに乗気で、今から毎日の仕事を楽しみにしてゐます。

「読売新聞」夕刊（昭和10年12月12日）

私の好きな装幀

本の装幀について、私は極古い鎌倉時代の書物として有名な、本願寺所蔵の三十六人歌集と、平清盛が、一門の人全部で作つて厳島神社に奉納した法華経の大巻物三十巻を思ひ出します。

前者は一歌人につき一冊全部を自作の歌を自筆で埋めたものですが、各頁の裏表にはあらゆる色紙五色の紙を合せて、之を捻切《ねじき》り、その断面を巧妙に貼りつけ、金銀の砂子《すなご》を撒き散らす等、眼も綾な模様を出して居ます、後者も亦《また》、美麗極まりない図案を紙の全面に施したものです、清盛直筆になる一巻の見返しの絵を、美術学校の依頼を受けて写し取つて来た事がありますが、私は四十日もかゝつた程手のこんだもので、我々は到底真似る事も出来ぬ、むしろ驚嘆すべきものでありました、当時は印刷も普及してゐなかつた為め、装幀も各人各様になつたものでせうが、表紙に色紙、図案、絵等を配し書名を書いた紙を貼ると云ふ風は一般的だつた様です、そしてこつたものは、このはり紙及び本のとぢ糸に色んな工夫を施して居ます。

「時事漫画」（昭和3年10月28日）

◉

やがて木版が出来、例の草双紙の盛つた頃から、表紙は木版刷の美麗な絵を描く様になり、一方読物では表紙よりも、口絵に凝る風が見え、この傾向は明治の中期迄も残つて鏑木清方《かぶらききよかた》、鰭崎英朋《ひれざきえいほう》先生等の筆《ひつ》に成る木版刷の絵を挿入したものが盛んに出来て居ります、勿論、之は和とぢの小説本等に数多く見受けました。

処でクロース表紙ですが、明治の初年、洋風侵入の時代に既に作られましたものゝ中期に入つて漸《ようや》く盛んになつて参りました、最もその頃は、和とぢ、クロース和とぢ、クロース洋とぢと、色々な装幀に成つたものが続出してゐます、そして、クロース洋とぢの表紙図案にしても、森鷗外先生の即興詩人の様に、又之とは少しおくれて尾崎紅葉の著書の様に、今見ても見劣りのしない立派なものが残されてゐます、だから、装幀については、古いものだからいゝとか、悪いとかは、一概に申されません。

◉

装幀とは少し話が違ひますが、つひ先達て、某古本屋で古本漁りをして居ますと、泉鏡花氏の著書クロース洋とぢ菊判で、書名は「小袖幕」と云ふのと「玉櫛笥」の書名をもつた各七冊づゝの書籍を発見しました、私はかう云ふ書籍の出版された事をきかないので、不思議に思つてよく見ると、表紙に金文字で入つてゐる書名は、たしか鏡花氏の筆跡である許りでなく、月に兎の図案は「田毎かゞみ」の表紙にあつたものと同じであります、本を取つて背を見ますと、何れにも下に小さく百合と金文字で入れてあります、そして書籍の内容は各雑誌に発表された鏡花氏の作品が細大漏らさず極単念に集めてあるのです、で、百合と云ふ名前で私はこれが池田蕉園《せうえん》氏の手に成つたものである事を知つて、直に之を買込んで来ましたが、表紙は鏡花氏の字と「田毎かゞみ」の兎を配したうまさ、そして自分で鏡花集を作つた単念さは、蕉園氏らしくて面白いと思つてゐます。

◉

明治後期から現代へかけて、装幀について見ますと、一方に学術的な書籍と、一方に文芸的な書籍が対立してゐる有様で、前者は更に色々な部門に別れてゐて、各《おのく》その本らしい装幀が施してあります、とぢ方は西洋とぢが大部分を占めて来ましたが、表紙から見開きの図案は、文芸物に於ては或者は西洋趣味、或者は支那趣味、又自分の好みで色々なものが出来て居ます、表紙に様々な切れ地が使つてあり、図案も木版、染物等によつて表はしてゐます、然し図案も装幀から得る感じも、すべて作者と著書の内容にしつくりと合つた感じを出すと云ふ事は、すべて一致してゐる様です、中でも最近では全集物に現はれた「芥川龍之介全集」の小穴《おあな》隆一氏の装幀「鏡花全集」の岡田三郎助氏の装幀は私の最も感心してゐるものです。

ですから、この装幀の傾向が、現代の複雑さから、将来何う云ふ風な道を辿つて行かうと推定する事は、容易に出来ない気持がします、只本の大きさが現在の四六版流行がすたれて、菊判或《あるい》は四六倍等に変化して行くとしても装幀は要するに女房役であつて、内容をうまくおさめて行くと云ふ仕事だけは、将来も変らないではないかと思ひます。

雨月物語の装釘

此間の夜珍らしく寝そびれた苦しまぎれに年来大好な雨月物語の装釘を工風致しました。元より無一物の建物設計と同じく全くの空中楼閣であります。

本の型は美濃判和綴で五冊、本文用紙は上等の美濃紙、文字は木版の活字で刷りその中へ凡二枚をき位に沢山の見開の挿画を入れる。矢張り木版でこれに非常な努力をする事そして時代の歴然とした白峰は平治物語絵巻風に外のもの特に蛇性の婬などは上田秋成の時代明和頃の気持で春信や豊信の絵本の様に工風して見る事。表紙は雁皮紙《がんぴし》へ裏を打つて極上の藍を薄く解いて刷毛で引きその上へ是も又上等の薄墨を引き是を互ひ違ひに繰り返して頃合の色になる迄続けます。偖《さて》其上に唐墨の良品を用ひて木版で左の文字を細楷で纔《わず》かに読める位の濃さで刷り度いと思ひます。

宋玉愁空断嬌嬈粉白紅歌声春草露門掩杏花叢注口桜桃小添眉桂葉濃暁匳粧秀靨夜帳減香筒鈿鏡飛孤鵲江図画水葓陂陀梳碧鳳腰裏帯金虫杜若含清露河浦聚紫茸月分蛾黛破花合靨朱融髪重疑盤霧腰軽乍倚風

「書物評論」第1年第3号（昭和9年9月1日）

密書題荳蔻隠語笑芙蓉莫鎖茱萸匣休開翡翠籠弄珠驚漢燕焼蜜引胡蜂酔纈抛紅網単羅挂緑蒙数銭教姹女
買薬問巴賓匀臉安斜雁移燈想夢熊腸攅非束竹肱急是張弓晩樹迷新蝶残蜺憶断虹古時填渤澥今日鑿崆峒
繡沓褰長幔羅裙結短封心揺如舞鶴骨出似飛龍井檻淋清漆門鋪綴白銅。 隈花開兎径向壁印狐蹤玳瑁釘簾
薄琉璃畳扇烘象牀緑素柏瑶席巻香葱細管吟朝幌芳醪落夜楓宜男生楚巷梔子発金墉亀甲開屛渋鵝毛澡墨
濃黄庭留衛瓘緑養樹韓馮鶏唱星懸柳鵶啼露滴桐黄娥初出坐寵妹始相従蝋涙垂蘭燼秋蕪掃綺櫳吹坐翻旧
引沽酒待新豊短佩愁填粟長紘怨削菘曲池眠乳鴨小閣睡娃僮褥縫篸双綫鉤縚辮五騘蜀煙飛重錦峡雨濺軽
客払鏡羞温嶠薫衣避賈充魚生玉藕下人在石蓮中含水彎娥翠登楼潠馬鬉使君居曲陌園令住臨邛桂花流蘇
暖金爐細炷通春遅王子態鶯囀謝娘慵玉漏三星曙銅街五馬逢犀株膽怯銀駅鎮心松跳脱看年命琵琶道吉凶
五時應七夕夫位在三宮無力塗雲母多方帯薬翁符因青鳥送嚢用絳紗縫漢苑尋官柳河橋閡禁鐘月明中婦覚
應笑画堂空

見返は紫の根の汁を美濃紙に漉きこみ丁度消墨色がかつた薄紫の程度にして模様はなし。

扉はくちなしの木版刷で雨龍の輪廓と文字、文字は野山の宋版一切経から集字すること、表紙の綴糸は本紫染、角裂《かどぎれ》は極く薄い一寸見ると白茶かと見える位な本紅染の絹、題簽《だいせん》は極上の唐墨を美濃紙へ薄く引いた上へ中墨で表題、文字は矢張り一切経より集字、袋は無地西の内へ中墨で文字だけ木版にて刷る書体は楷書に致し度いと思ひます。

雨月物語の挿画は六ケ敷い事ではありますが何時か出来ない乍《なが》らもやつて見度いとは思ひます。白峰の「松柏は奥ふかく茂りあひて青雲の軽靡《たなび》く日すら小雨そぼふるがごとし」又菊花の約《ちぎり》の「もしやと戸の外に出て見れば銀河影きえきえに氷輪我のみを照して淋しきに軒守る犬の吼ゆる声すみわたり浦浪の音ぞこゝもとにたちくるやうなり」又浅茅ケ宿の「今は長き恨みもはればれとなりぬることの嬉しく待り逢ふを待つ間に恋ひ死なんは人しらぬ恨なるべしと又よゝと泣くを夜こそ短きにといひ慰めてともに臥しぬ窓の紙松風を啜りて夜もすがら涼しきに途の長手に労れ熟く寝ねたり五更の天明ゆく比現なき心にもすゞろに寒かりければ衾被かんとさぐる手に何者にや簌々《さやく》と音するに目さめぬ」とあるところ、仏法僧の「一日夢然三條の橋を過ぐる時悪ぎやく塚の事思ひ出づるよりかの寺眺められて白昼なから物凄じくありける」と又蛇性の婬の「塵は一寸ばかり積りたり鼠の糞ひりちらしたる中に古き帳を立て花の如くなる女一人ぞ座る」又青頭巾の「影のやうなる人の僧俗ともわからぬまでに髭髪もみだれしに葎《むぐら》むすぼほれ尾花おしなみたるなかに蚊の鳴くばかりのほそき音して物とも聞えぬやうにまれまれ唱ふるを聞けば、

江月照松風吹　　永夜清宵何所為」

うまく書けたら実に嬉しいでせう。次からつぎととりとめもなく考へて居るうち何時の間にか眠りました。

表紙は鹿革

私が始めて書籍の装釘を致しましたのは、たしか今より二十五、六年前に、久保田万太郎氏の路《みち》といふ小説であつたと思ひます。其次が泉鏡花先生の日本橋でありました。それから今日までに恐らく数百種の装釘をしたと思ひますがさて気に入つたものは出来ないものであります。近来は或る特種のものは別として多くは大量生産で定価をやすく致しますため木版色刷を用ゐ度いものも或はオフセットや機械木版となり、用紙も手ざはりの軟い日本紙のほしい時に西洋紙となつたり致しまして、如何致しても品位が悪くなりがちであります。それからも一つ困りますのは時日の無くなつた事で、大抵の場合初めて聞きます時には本文の校了間近なのであります。

それを私の方では一日延ばしに延ばし、出版所では催促を重ねて漸く出来上る様な始末で、如何にも念の入れ方が不足なのであります。しかしながらこれもかういふ時代なのでありますから致し方はありますまい。

「東京朝日新聞」（昭和12年1月6日）

つまり非常に早くて非常によいものが出来なければ駄目な時節と思はれます。
私はあまり経費をかけない上での好みと致しましては、なるべく加工費を使はず、絹或は紙等の材料によくよく工夫をこらし且《かつ》製本の堅固なものを喜びます。

しかし乍《なが》ら震災以前の事でありますが、或大家の小説にこれもある絵の大家が装釘をされましたが、これが表紙に一筆も用ゐてありません。唯金箔が一枚斜に押してあるだけであります。一寸面白い物でありましたが、絵をかく物の装釘で、少しも絵も模様も無いといふ評が方々で聞えたのであります。現在でもさういふ事はあらうかと思ひます。

そこへゆきますと著者自身の装釘は実にまとまりやすいのであります。そして出来工合も中々面白いものが多い。特に谷崎潤一郎氏近来自身装釘されましたものは、どれも必ず気に入つてをりまして、私は実に大好きであります。

しかし何分にも定価といふものがありますから谷崎氏は無論御満足ではないことと思ひます。それから私は装釘として一度使つて見たいと思ひますのは革であります。

譬《たと》へば泉鏡花先生の小説と致しましたら、書籍の型は菊版、用紙は純白な薄い上質、本文は全部四号活字に致したい。表紙は鹿革を紫根で染め上げて模様は一も用ゐず表題と著者の名を金に致します。

そして天地の角ぎれを浅葱色の羽二重にし、見返は白緑青の引染、箱は極く調子に心を用ゐた紺紙に文字は銀泥。この様な本を作つて見たいと思ひます。

これは絵や模様を用ゐずにしかも材料に中々経費の入るやり方であります。

兎に角私の最も望みます事は装釘の出来上る迄の間のいろ〳〵の意味に於いてのゆとりであります。只今の様な有様では工夫に凝り仕事に念を入れて居るゆとりがないのであります。念を入れる事が不足で出来た物に、情、詩、品位、余韻といふ様なものゝ現る訳は無いと思ひます。

身辺雑感

「塔影」第12巻第2号（昭和11年2月15日）

色々の新聞や雑誌のやうなものから、時々感想を求められることがあるが私はついぞそれらに応じることの出来たためしがない。殊更に謙遜してゐるわけではなく、実際のところ、私には何の感想の持合せもないのである。

例へば挿絵についての何か苦心談みたいなもの位ひありさうなものではないかなどゝ問はれることもあるが、正直のはなし、私は別に苦心して描いてもゐなければ、また今迄に格別に苦心した経験もないのである。そんなわけで、一事が万事、自分は甚だ詰らない人間だと常に考へてゐる。

人によつては一つの理想を立てゝその目的に向つて突進するのであらうが私にはさうした理想といふものも考へられず、また今後どうしたらよいかといふやうなことも、よくは判らないのである。たゞ描いてゐるといふだけのことで、その一つ〳〵の場合には勿論不満もあり不充分な点も感じもするがさうかと云つて急にそれをどうこうするわけにも行かないといふのが、現在の私といふものゝ姿である。

◉

挿絵の方の仕事はいはゆる「黒と白」だけの世界であるから、彩色画とは違つた何か特殊のものがあるのではないかといふ質問を屢々受けるが、私はそれについて特別の苦心をした覚えはない。挿絵の方は線だけの仕事であるし、彩色の場合はそれに色彩を加へた仕事であるに過ぎない。早い話が百円持つて大晦日を越すのと、三十円しか持たずに年を越すとの違ひではないかと思ふ。百円は百円なりに、三十円は三十円なりに新年を迎へるのであつて、その間に格別苦心といふやうなものを考へる必要はないのではないかと考へる。

原文を読んで構図を纏めるのにどんな手数が要るかといふやうなことも問はれるが、この場合たゞ当り前に出来て了ふと答へるより外仕方がない。新聞の挿絵のやうな場合、毎日々々の変化をどうつけるかといふやうなことも特別に考へたことはないのである。たゞ同じやうな場面を繰返してゐると、先づ自分が厭きて了ふ。読者より前に自分が厭きてゐれば、問題は自からなくなるのではないかと思ふ。

◉

新聞の挿絵をやつてゐると、映画の場面の動きなどが参考になるのではないかなどゝいふことも聞くが、私には一向そんなことはない。映画そのものは好きで見にゆくが、たゞ普通の人が見るのと同じで楽しみにゆくにしか過ぎない。一体何によらず、私には他の仕事が絵の方の参考になつたといふ経験がないのである。古い絵巻物なども本当を云へば参考にもなるし、またさうすべきものでもあらうが、事実に於てさうしたものを参考にして挿絵を描いたことは私にはないのである。

これは恐らく人によつて違ふことで、映画なども多くの人にはいゝ参考になることが多いのであらう。

同じやうなことであるが、私の挿絵は舞台装置をやつた経験から出てゐるのではないかなどゝも云はれる。しかしこの場合もそんなことはなかつたと答へるより外はない。別に舞台装置の仕事が役に立つたとも考へられぬ。若しその二つに共通のものがあつたとすれば、それは結局それらが同じく私の仕事だからなのではなからうかと思ふ。

◉

挿絵の仕事で私は現在殆んど髷物ばかりを描いてゐるが、特にさう限つたわけではなく、実際を云へばモダンな現代風俗も描いてみたいのである。たゞ世間では私の仕事を明治以前に合ふものと見てゐる為に、何処からも頼んで来ない。私としては若し機会さへあれば、新しい現代風俗の仕事も大いに手がけてみたいと考へてゐる。

現代風俗を取扱つた現在の挿絵の多くは、アメリカ式の写実的なものである。この行き方の効果的な点も理解出来るが、私が現代風俗を描いても恐らくこの行き方ではないことだけはハッキリ云へるやうに思ふ。私は私流にやつてみたい、たゞそれだけの話である。

私は元来、自然其まゝのものより人間の作つたものにより多く惹かれる。美人も実際の美人よりは、優れた木彫か何かの方が美しいやうに思ふ。従つて写実といふことには余り興味がないのである。

◉

挿絵の仕事は随分早い人もあるやうであるが、私は日に二三枚、先づ普通のところだと思ふ。従つて新聞を二三引受けてゐれば、それだけで殆んど一杯である。

挿絵画家の生活は要するにいつも追駆けられてゐる。もう一度描き直したいと思つても、大抵の場合そうする時間の余裕がないのである。こないだの出来は悪かつたなと云はれるやうな場合は多くそんな時の作品で、知りつゝやつてゐることだけに、何共返事の仕様がないわけである。

今度国画院の仲間に入ることになつたことについて、展覧会へも出品せねばならぬ。彩色のものを出すつもりでゐるが、或は今までの自分の仕事そのまゝを発表するかも知れぬ。何れにせよ、未だ嘗て展覧会といふものに出品したことのない自分如きが、そういふ経験を豊富に持つてゐる諸氏と一緒に作品を並べるといふ事だけで既に僭越なのではないかと考へてゐる次第である。

文学的挿絵

山本丘人氏は東京美術学校日本画科出身で松岡映丘先生の愛弟子であります。珍しい性質のよい色の白いものを言はぬ世渡りの至極下手な人であります。絵の好みは実に文学的で挿画を画き度い希望のある事は前から知つてをりましたが中々機会がなかつたのであります。ところへ此度の日日新聞社の御話で実に無上の好機会にあつたのであります。山本氏の絵特に小品は私の大好きなもので私の好む山本氏の人柄がそのまゝ画に出てゐるのであります。どうか此度の挿画にこの心持が画に出る様に出してほしいと祈ります。小説の「女性の出発」は私はまだ読みませんが、一寸御話を伺つたところでは山本氏にはかなり適任の様に思はれます。

私は山本氏が平素の作品に色彩、濃淡の微妙な調子で見せてくれるよいところを濃黒一色線一筋にて現さうといふのには相当苦心をしてゐられることゝ思ひますが、私はこれを心配したり楽しみにしたりして掲載の日を待ちかまへてをります。

「東京日日新聞」（昭和9年1月5日）

新小説社設立の推薦文

「御挨拶」（昭和8年9月）

島源四郎氏は装釘の方から見て本を作ることの上手であります。

上手といふよりは大好きと言ふ方がよいのかも知れません。気の入つた本は箱から出す時にすぐ解るもので堅くなく軟くなくといふ処がかねあひであります。

それから島氏の本は不思議に丈夫で崩れません。見えぬ所に念が入つて居るのでありませう。大体本は前へ置いて見ますと何所となく落付いた金味のあるものと何となくやにこい心持のするものとありまして譬へば美人が着崩れのせぬ衣裳附をした様なのが島氏のよい所と思ひます。又常に様々の紙や布を沢山に蒐集して独りで楽しんで居ては物に応じて使ふ才能には敬服の外ありません。時には此様に凝つてよいのかと気になることもありました。

さて普及本も誠に結構ではありますが中には極めて凝つた本を作る店もあつてほしいと思つて居た処へ此度島氏が新小説社を開くといふ甚だ欣悦の至りに堪へません。

挿絵のモデル——個性なき女性を描いて

「ホーム・ライフ」第1巻第2号（昭和10年9月1日）

君の絵になりさうな美人がゐるから会つてみないかと誘はれることがよくありますが、会つてみてなるほど美人だと思つても直ちにそれを絵にしてみようといふ気になるものではありません。世の中に美人は多いでせう、しかし美人と絵になる美人とはまた違つたものですし、殊に私の場合少々厄介な注文がつきまとひます。

私が好んで描きたいと思ふ女はその女が私の内部にあるもの、何といひますか一口にいへば私の心像です。この心像に似通つたものを持つてゐる女です。そんな人を発見した時に私の好む女の絵が出来上るのです。

たとへていへば私は幼いころに見たある時ある場合の母の顔が瞼の裏に残つて忘れられません。口ではいひ現せない憧れに似た懐しさを感じてこれが私の好きな女の顔の一つなのです。また京都の或

るところでとてもいゝ御所人形を見せてもらつたことがありますが、その艶々しい顔がまた忘れられないものの一つなのです。錦絵では国貞のものに好きな娘の絵が一枚あります、この娘も好きな女の一人です。

それから私は仏像がなによりもすきです。特に好きな仏像も沢山ありますが、たとへば奈良の興福寺にある阿修羅王の像は威厳と艶麗とが溶け合つて何ともいへない美しい姿です。これも好きなものの一つです。

以上述べたやうなものが常に心の奥に描いても憧れてもゐる私の好きな女の顔であり、美しい姿であり、美である私のですが、この私が心に描いてゐる心像に似通つたものを持つた女の人を現実に発見した時、私は求めたものを遂にさがしあてたやうな喜びを感じて、それがあまりによく似通つた場合は薄気味わるくさへなりながら、それだけに喜びは大きく、かすかな興奮をおぼえて筆をとります。本当をいふと右に引いた母の顔、人形の顔、国貞の錦絵、仏像は皆実在の人物中にそれに似通つた人をそれぐ〳〵発見してこれまでにいろ〳〵な女の絵に随分使ひました。

人形や仏様を手本にするのですから私の描く人物には個性がありません。個性のない人物、これが私の絵の特徴で、同時に私の最も非難される点です。しかし私としては個性を描出することには興味が持てないのです。風景を描く場合でも理詰めの遠近法は採りません。自然写生といふこともやりません。私が女を描く場合も決していはゆる写生をしたことがありません。写生と写真には興味が持てないのです。

ではは個性のない人物を描いてどこに興味を置いてゐるのかといへば、私はあの能面の持つ力に似たものを希《ねが》つてゐるのです。能面は唯一つの表情です。しかし演技者の演技如何によつては、それがある場合は泣いてゐるやうにも見え、またある場合には笑つてゐるやうにも見えます。つまり私は個性のない表情のなかにかすかな情感を現したいのです。それも人間が笑つたり泣いたりするのではなく、仏様や人形が泣いたり笑つたりするかすかな趣《おもむき》を浮かび出させたいのです。これが私の念願です。勿論一度だつてその念願を達したことはありませんが、この念願を極めるのが私の仕事です。

二、女

私の好きな女三態

或日のこと、なにがしの家の令嬢が縁側に出て、手鏡を使つてゐるところへ雪が降り初めて鏡の面へ二片三片かかつたのを見た事がありました。その娘さんの襟足の白さと、鏡の銀色と、雪の真白とが実に美しいと思ひました。それはたしか初雪であつたと覚へて居ります。

「モダン日本」第9巻第1号（昭和13年1月1日）

震災前までは如処かに舟宿や茶屋の軒を並べた有様がをぼろけに、それかとわかりました。今戸橋の辺も、今は隅田公園となり、元とは異つた意味で又よい所となりました。それでも或る肌寒の日聖天宮へ御詣りの芸妓が、黒紋付の羽織で、川越しに遥かに、藍色の一際冴へた筑波山を眺めて居る姿を見ました時は十数年以前と同じ様な心持がいたしました。

ところは北鎌倉の或る別荘風の庭で、一人の令嬢が一株の水仙を折つたところを、生垣の外から見た事がありました。髪の形や姿も何となく古風な風情が見へました。折しも鶯が一片の青金を飛ばした様に側を飛びました。その影でもさしたのでありませう、娘は後を振りあふぎました。如何にも下町風な顔だちで私はとつさに水仙の造り花を拾ふたけくらべの美登利を思ひ浮べました。

初夏の女性美

「福岡日日新聞」（昭和9年5月）

柏崎の宿で眼が覚めたのが朝の四時、海の音が聞える。気のせいか東海の浜の浪とは、音が違ふ様であります。

此度初めて越後へ来たのは、或人に頼まれて其家の家什を見に参つたのですが、其用向も昨日で済みまして帰り道、柏崎へ宿つたのは此所から四里程山へ入つた所は今は亡き友人の故郷で話にも聞き絵にも見た村である。友人は類稀な天分を持ちながら世に出る事もなく、惜くも十数年前此村で若死をしたのであります。其友達の絵に残つた故郷の景色をまのあたりに見たり墓へも詣り度いと年来願つて居たのが、丁度此度の越後の旅で序《ついで》といふのも変ですが今日はこれから其村を訪ね様と思つたのであります。

さて旅なればこその早起で七時には乗合自動車で早三里も離れた小駅へ参りました。これから一里半の峠道七曲りといふ。宿を出る時から鼠色に曇つた空がいよ〳〵本降りとなりました。久々の山道越え頭まで泥をあびながらすた〳〵と歩く。時々空が明るくなると霧がはれて眼の下に合歓木《ねむのき》の花があらはれる。友人の大好きな米山の姿も見えず、漸く其家へたどりついたのが九時過で大雨の最中。

道で逢つた人に家を聞いたのですが田舎の事で門に表札はないのに此所と生垣について入ると、前庭を広くとつて突当りに大きな母屋がある。折柄母屋の暗い入口から白髪のお婆さんが頭が膝につくばかりに膝をまげて水溜りを除けながら横手にある納屋の方へ行かれる。これ幸と後から声をかけましたが返事がない。追ひすがつて大声で言葉をかけても振向もしません。其時声を聞きつけて矢張り土間から傘もさゝずにかけ出して来た眼の醒める様な麗人がありました。その周囲は青葉が重り合ひ繁り合つてしと〳〵と降る雨に緑を絞つて流した様なその中へ、色の白い姿のよいこの人がお納戸色へ花菖蒲を銀鼠で出した単物に、濃紫に水浅黄で花菱をぬいた帯で急いで来る姿は実に美しいと思ひました。

あとで聞けばそれは友人の弟の夫人で年は二十三、お年寄はお母さんで耳が非常に遠いのでありました。そこで座敷へ上つて初めてではありますが様々友達の話などしましたが、それにしても此人の麗しさ、ことに顔の色の美しさを何と譬へやうもありません。すき透る様な白さに心持黄ばんだ色は名人の描いた絵か彫像の様にも見られます。思はず長談義に時を過ごして帰りは逆に雨は小降りで柏崎まで一走り、そのまま汽車に乗つて其夜は赤倉の温泉に宿る。翌朝は空は晴天、土地は妙高の中腹なれば越後の山々を手にとる様に眺めながら昨日の事を思ひ出せば夢のやうであります。

あの麗人の美しさは、美しいといへば昨日からかの夫人の俤が何かに似て居る様に思はれますが思ひつかない。とりとめもない事を考へ乍ら高原を歩く、時々雲がかゝつて眼の前が真白になる。その雲の過ぎたあとを不図《ふと》見ると何か紫がある。よく〳〵見れば珍らしくも山上に咲いた菖蒲であります。実に美しいと思ふと同時に気がつきました。麗人に似て居たのは紫陽花《あじさい》であつたのです。心ばえといひ色も姿も着物の好みも、悉《ことごと》く紫陽花でありました。

好きな顔

「オール讀物」第6巻9号（昭和11年9月1日）

錦絵に近い顔・守田勘彌丈

勘彌丈の顔は錦絵に近い、古風な顔だ。お父さんの故勘彌の面影が偲ばれて懐しい。近頃はだんだん羽左衛門丈に似てきた。

だからといつて私は錦絵のやうな顔だけが好きといふ程不公平な趣味を持つてはゐない。例にして失礼ではあるけれど、近衛公爵の顔も御立派で、私の大好きな顔だ。

何処が好きだと聞かれても、好き嫌ひは理窟ではないから返答に困る。たゞ好きなのだ。

下町娘の美しさ・坪内美子さん

坪内さんには一度会つたことがある。その折、何かの拍子に閃いた坪内さんの美しさに心惹かれた。説明の出来ない美しさである。

この人の顔は写真ではほんとの良い所は出ないのではないかと思ふ。黒襟をかけた小間物屋の娘にでもしたら一番良く似合ふだらうと想像することもある。

顔の美しさは部分〳〵を離して考へることは出来ない。寧ろ、態度、声、気持、総てのことが総合された美しさではないだらうか。

丸顔美人

「読売新聞」（昭和6年2月25日）

昔から今迄に、藤原時代程服装の色彩の豊富だつた時代はございません。原色、間色をとりまぜて非常に数多い色を、しかも大胆に、使ひこなしてゐた例は、他の時代には一寸類をみることが出来ないのです。しかし、昔のことですから、現代にみるやうに年々に流行色といふものが珍重されることもなかつたでせうが、大体、一時代を初期、中期、末期とわけて流行は移り変つて行つたかに見られます。

まづ藤原時代を支配してゐた色は赤、緋、エンジなど赤系統の色彩――ことに年齢を超過してゐたのでせうか、年をとつた女の人などもこの赤色を用ひ（袴などには）、若い人の方が濃色といつてこの赤のエンジがかつた――少し渋い色の袴などをはいてゐました。

さらに面白いのは、当時の人達の服装の好みに二つの反対の型のあつたことです。つまりこの豊富な色を、数多くとりまぜて用ひる手法と、同色系の色で統一することです。例へば、赤い色や黄色い色に統一された姿などは、昭和の今日をまたなくとも、古く藤原時代にあつたわけです。又、現今のやうに、女風俗と男風俗の厳然たる区別はなく、男も非常にその服装には粋をこらしたもので、夏などには藍色の薄物の下に赤とか黄色とかの布を入れて、光と動きによつていろ〳〵複雑にみせたり又は、カタミガハリとかオホミガハリといふ方法を用ひたりいたしました。

註――カタミガハリと云ふのは衿を右と左によつて模様をかへたり、袖の右左を別にしたり、袴のところで左右ちがつた色を用ひたりするもの。オホミガハリといふのは、全然右側、左側と変つたもの二種をつぎあはせた模様です。

これ等も女の服装に近代化して用ひたら面白いものになるだらうと思はれます。

次に、鎌倉時代になりますと、大体が藤原時代の延長ではありますが、一口にこれを評したら、藤原時代よりも好みは悪くなつたと云つてゝでせう。これが足利時代に入りますと、こんどは非常に渋好みになつてしまつて、藤原時代と全然反対を行つてゐます。しかしこの禅宗ごのみとも云ふべき渋さの中に、なか〳〵捨てがたいいゝ味があつたのです。

桃山時代に入ると、前時代の反動のやうに、非常に華美になつて参りました。しかし幾分洗練さの欠けた、勝手気まゝな趣味らしく今からは察知されます。徳川期に入りますと、最初は家康の節倹政策によつて落ちついたものになつてゐましたが、元禄に入つては、桃山時代の再現の状を呈して参りました。所謂《いはゆる》元禄模様の大きくて華美なことは誰方もご存じでせうが。

以上のことについてこゝに一つの面白いことがあるのです。それはこれら服装の流行と美人のタイプですが、派手な服装の流行する時はきつと丸顔が喜ばれ、落ちついた渋好みの時代は長顔の人が美人とされてゐます。ですから、藤原時代は丸顔の女が美人であつたわけで、足利時代には長顔の人がもてました。

ところが、桃山時代には全く丸い顔が流行りましたが徳川に入りまして明和、享保の頃は、地味でゐてイキな好みが迎へられたゞけあつて、所謂《いはゆる》江戸美人は長顔になつたのですが、元禄美人は丸顔です。そして、現代では又丸顔が美人とされてゐる時代ですが、服装も又御承知のやうにきらびやかになつてゐます。

秋茄子と唐辛

和装も洋装もよく似合ふ某家の令嬢。ある初秋の朝裏庭の畑で朝露をいとふてか腕まくり濃紫の秋茄子と真紅の唐辛をさも綺麗そうに眺め入つた様子を私は美しいと思ひました。

「花椿」第3巻第9号（昭和14年9月1日）

阿修羅王に似た女

「オール讀物」第3巻第1号（昭和8年1月1日）

私はずつと前に、何かの雑誌にぽんたの顔がきれいだと書いたことを覚えてゐる。全くあの顔は、今でも美しい顔だと思つてゐる。然《しか》し、それかと云つて、あの顔が私の好みの顔だと早合点して貰つては、大いに困る。

ぽんたに限らず、凡《すべ》ての生きてゐる女、または、かつて生きてゐた女は、私の趣向にはぴつたりと来ないのです。

妙な言ひ草だが拵《こしら》へられた物が私は好きで、能楽のお面が、コクリと首を傾けて、下を見た時などの、あのふとした表情の動きなどが、何とも云はれぬ程私には嬉しい。

仏像が好きになつて、どうとかして、一生のうちにああした物を描いて見たいものだといふ過大な念願を起したのは、まだ十代の頃でした。無論現在も、未来も私はその念願に精進する心構えでゐますが、何の実績も挙げてゐないのだから、其事を口にする資格は私には無い。丁度それはタバコを止めるとか、明日から早起きをするとか云ふことと同じで、実際にやつて示さなければ何の値打もないことなのです。

だから、私の仏像論なんか、三文の値打もないと云ふことは、私自身が一番よく知つてゐます。では、それを知つてゐながら、何故仏像の話を持ち出したか、と云ふに、それは、一応絵描きとしての私、人間としての私の好みの焦点をはつきりさせておかないと、これから話して見ようとする私の過去の或事件が、その興味の大半を喪失してしまひはしないかと思ふ懸念があるのです。で、もう一度重ねて、何の価値もない私の仏像論を進めさせて貰ひます。——仏像の類はまた人間の数程多くて、同族と見なされる仏像にしてもその顔は、一つ一つ違つてゐる。私がこれ迄に見た数多くの仏像の中でも最も心を惹かれたものは何であるかと云ふと、先づ奈良の興福寺に安置されてゐる阿修羅王の立像です。その阿修羅王といふのは、ほつそりと痩せた、優さ形の仏像で、顔が三つに手が六本あるもの。

上野の日本画科に入つて後、私はずつと根岸に下宿してゐました。もうかれこれ三十年も前のことで、今電車の線路が縦横に引かれてゐるあの界隈は当時見渡す限りの田圃《たんぼ》で、根岸から龍泉寺の方面にかけて、あちこちに大きな池があつて、朝早く散歩してゐると、蓮の花が、かすかな音を立てて咲いたりなどしたものでした。

其辺りの気分が好きで、私は朝に夕に、そこの田圃道を散歩して、時としては、お酉様の辺りから、吉原の茶屋町の中まで、うつかりはいつてゐたことさへもありました。

今あるかどうかそれは知りませんが其頃は屋台のにわかがあつて、舞台をがら〳〵茶屋町の中まで引きこんで、両側の茶屋の客達が顔を窓からつき出してそれを見物したものでした。

学生で、しかも現身《あらみ》の女を毛嫌ひして居た私です。むろん其お茶屋へなど上る気づかひはありませんが。或夜龍泉寺の蓮池のあたりを散歩して、ぶらりと明るい灯の町に出て来ると、此移動舞台のにわかが茶屋町のはづれにとまつて、これからにわかをはじめようとしてゐるところでした。

で、さしせまつた用事のある身でもないのだから、私はにわかの舞台のすぐ下のところに立つて、ぼんやりと前の方を見ながら、にわかの始まるのを待つてゐたのです。

向ひ側の通りのお茶屋で、お茶屋の間がせまい露地になつてゐるのですが、露地の入口は、軒燈の灯でぽつと明るくて、奥の方は暗闇でした。

ところが、其夜は丁度満月で、私がにわかのはじまるのを待つてゐると、ほんの数分間に、その露地の奥にあたつて、大きな銀盤のやうな月が、ゆさ〳〵とさし登つて来たのでした。

賑やかな町に私は立つてゐました。

賑やかな町にも一つだけもの静かな露地があつて露地の奥は暗い。

その露地の奥から今しも大きな白い月がさしのぼつた。

私もまだ若かつた。ひどく感傷的な気持で、その月を見たことはいなめません。

其時、露地の奥の或家で、格子戸の開く音が聞えて、誰か通りの方へ出て来るらしいのが、姿は見えない。からん、ころん——石だたみをふむ下駄の音が聞えて間もなく一人のおしやくがそこへ姿を現はしました。

満月を背中に背負つて長い袂をゆらゆらさせながら、こつちへ近づいて来るおしやくの姿は、まるで月の中から出て来た人間のやうに、微妙な蔭と色彩を呈して、画学生の私の眼に、其姿を投げこんで来たのです。

其瞬間、私は「おや」と思つた。

これは、確かにどこかで一度見たことのある顔だと其時思つたのですが、さて、どこで逢つた娘だか、そこをはつきりと思ひ出せない。

その時娘はもう露地を出はづれてゐて、気のせいかその娘は、まつ直ぐに私の顔を見つめながら、賑やかな街を横ぎつてこつちへ急いで来ます。

私は当惑して、そつとどつかへ逃げようかとも思つたが、逃げてしまふには何となく惜しまれるものが、私の心の中にあつて、もぢ〳〵してゐる間に、私とばつたり顔を突き合はすあたりまで近づいて来たその豊麗なおしやくは、馴れた手つきで、ひよいと舞台の横ののれんの様な青い幕をまくると、その儘《まま》中にはいつてしまひました。

何のことだ、私は、自分が、此町の移動舞台の楽屋口のすぐ前に立つてゐたといふことをつひ忘れてしまつてゐたのでした。

露地から出て来たおしやくは、つまり今夜のにわかの役者で、今楽屋入りをしたところです。――単にそれだけのことでそれ以外に何の意味もなかつたのです。

間もなくにわかがはじまつて、両側に並んだお茶屋の客は、謂はゞ桟敷の客で、我々路ばたに立つてゐるものは、一かたまりになつて、夜店の手品を見るやうに、舞台の上をのぞきこむのでした。

舞台といつても、屋台だから、むろん狭いにきまつてゐる。其狭いところへ常磐津の連中もよこにゐて、場所といつては畳で二畳かそこら敷ける位のものです。そこへ最初に出て来たのは一眼見て噴飯さずにはゐられない滑稽な格好の坊主でした。

しかも、後で唄つてゐる唄の文句で其坊主が一休和尚であると知つて、私は面白くなりました。

和尚が出ると、その次に横手ののれんをまくつて、紫の鉢巻をして、振袖を着た女の子が姿を現はしました。

其女の子といふのが、さつき露地から出て来たおしやくで、役は野崎村のお光。前へ出てゐる一休和尚に其お光が惚れて、失恋の結果、気が狂ふつてところらしい。

さま〴〵と恨み言を言ひながら一休和尚の前で、其狂女が踊る。和尚は和尚で、それをしきりに慰める。

「これさ、お女中、世の中といふものは、そんな堅苦しいものではない。一つ思ひ直して朗らかに………」

と云ふやうな意味の科白が和尚の口から出る。そこへにな川新左衛門が出て来て、問答をする。

「僧侶の分際で、女の子と遊ぶとは何事ぢや、衣の手前何とか申し開きを立てませう――」

と、息まく。和尚はあはてゝ、実はこれ〳〵と訳を云ふが、にな川は頑として聞き入れぬ。そこへひよこりと、地獄太夫が出現して、うまく三人の間を仲裁し、おしやくの扮する狂女がめでたく正気に返るといふところでオチです。

これは全く単純な筋のにわかです。

然し私は、片つ方からだけ受ける電燈の光りで、顔に濃い隈を造りながら踊つてゐるおしやくだけを見てゐたのです。筋などはどうだつてよかつたのです。

にわかがはねた時、私の頭にはつきりと来たものがありました。

さつきおしやくが露地から通りへ出て来た時、たしかにどこかで一度逢つたことがあるやうに思つたのは決して錯覚ではなかつたのです。

此おしやくの顔が、奈良の興福寺に立つて居られる阿修羅王の仏像の顔と瓜二つなのです。おしやくが、顔に濃い明暗をつけて、踊つてゐるのを見てゐる間に、私はそのことを、はつと思ひあたりました。

興福寺に立つてゐる三面劈の阿修羅王に顔が似てゐるなどと批評されては、女にとつては迷惑なことに違ひありません。

然し、その阿修羅王は、こはい顔ぢやなくて、今生きてゐるもの、また過去に生きてゐた、世界中のどの女よりも美しく好ましい姿であるのです。いくよさん――あとで私達は交際をするやうになつたがおしやくの名前はいくよである。――にも、此失礼な批評は許してもらひたいものです。

其日から三十年近くの歳月が経つて、私達が好んで散歩した道の、両側の田圃や池も、全部地上から其姿を消し、其あとへギッシリと家が建つて、電車線路が縦横に引かれてしまつてゐます。

其様に、あの時、たしか十五か六であつたいくよも今ではもうすつかりおばあさんになつてしまつてゐることでせう。其後はどうしてゐるか絶えて消息を聞きませんが其頃私が描いたいくよの顔の絵もたしかに二三枚はあつた筈です。此四五年の挿絵商売の忙しさに取り紛れて、どこへしまひこんだものか、いく度捜しても見当りません。

其後不幸にして、あの阿修羅王の顔に似た女は、一人として私の前に出現してくれません。

流行

「スタイル」第1巻第6号（昭和11年11月1日）

流行は大体に於てくり返すもので最近の古いものでなくずつと古いものは新しいものに大体同じです。

女の顔にも流行はあるもので、時代により豊頬の賞賛された時もあり、細面《ほそおもて》が美人の標準であつた時代もあります。着物の柄行《がらゆき》も丸顔と細面とによつては大変違ふものです。

丸い豊艶な美人は桃山、元禄の時代ですが、この時代には所謂《いはゆる》光琳風、元禄風の盛な時代で、現今はどちらかと云へば丸顔の美人を喜ぶ時代であるから、元禄光琳模様をもつと使つてもよいのです。

過去に於ても、光琳風のものは随分使はれてはをつたが、まだまだ新しい余地は充分あると思はれます。いままでのを一旦すてて、も一度実際のものからあらためてふみ出せば、新しいものが生れるものです。丸顔が流行ると云つても、桃山のそれと元禄と、現代のと、それぞれ同じ丸でも中味の異るごとく、模様も、同じ光琳の精神でも、その表現法は現代的のものであらねばなりません。

一体に婦人は肥ることを好まない様ですが、肥つた人のよさは、また肥つたなりにあるものです。一口に肥つた女がよいとか、痩せた女がよいとは言ひ切れない問題です。元禄時代の女で一巾《はゞ》の衽《おくみ》をぴつたり体につけて着て、男帯を腰にきりつと〆めたのは、美しいもので今の洋服の着方と同じで、体の線をすつかり表したものです。

今の若い方がよく帯を胸高にしめますが、あれは体の形を見せやうとする気持と、帯を大きく見せやうとするのと混同した気持の表れです。何か意義はあるのでせうが、後ろから見た場合には形の良いものではありません。

今日の流行は洋装に表れてゐる様に、和服でもやはり体の線を出すのが美しいのでせう。それには帯といふものは、非常に形をみだすものですが、習慣上致し方ないと思ひます。出来れば、男帯より少し広い位の質のよい名古屋帯を結び切りにしめられたら、女の体も、もつと美しさが現れると思ひます。大体胴が細く、腰へ来て少し広く、脚の処でまた細くなると云ふのが理想的なものです。花瓶にしても口の下がくびれて、ふくらんで、また下が細くなると云ふ様に……。

女に羽織はやはり美しい線をみな包んでしまふので進めたくはないものですが、これも習慣とならばしやうもないことです。

お国歌舞伎が今日の歌舞伎の起りではありますが、お国歌舞伎は女ばかりでやつたもので大変人気流行はのあつたものですが、今日ターキーの騒がれてゐるのも、昔が今に返つたのかもしれません。流行は繰返すものですから。

銀座漫歩の美婦人三例

「時事漫画」（昭和4年1月20日）

ゆうべ銀座を漫歩してみました。大体が、私はこれが嫌ひと云ふものはないので、従つてこれぞと好きなものもない訳で、その性質をよく人に笑はれるのですが、処がゆうべは、今更のやうに銀座の女性が美しくなつて来てゐるので驚きました。スケッチをした三人の女性は、殊に「綺麗だな」と大好きになつた人達です。

第一例

島田の娘さんは、先づ姿格好殊にしま縮緬の着物の好みがよかつたのです。今までは縞物なら縞一点張り、模様ものなら模様で押してゐたのが、縞に兎の模様をあしらつた、如何《いか》にも新時代の感覚が感じられるものでした。かうした娘さん型は、勿論ありふれたと云へば、それに違ひないのですが、着物に新時代の匂ひがあると同時に、姿にも一点の新しさがあつたのは見逃し難い処でした。

第二例

洋服の女性は、さア身許調査は暫く措くとして、これは私が最も感嘆させられた人で、一分の隙もないドレッシングでした。真つ黒なビロードの外套、純白なボア手袋には金の刺繍が美しく施されてゐました。靴下はこれも白、靴も白でした。これだけのスタイルには恐らく毛唐連の間にも見出し得ないものでせう。

よく日本の女性が洋装した場合大根のやうな足云々が喧《やかま》しく論議されますが勿論それは発育のよろしい大根足は困りますが、わが女性も近頃は姿態もよく成つてきて足の美には、そう一概に軽蔑しきつて了つたものでない、特有のものがあります。それは西洋人のすんなりした足と違つた、線の柔かい円さです。西洋人の足は眺めるだけの美しさはありますが、わがモガさんの足には、感触を誘う迄の美があると思ふのです。冷たさのかはりに親しみがあります。日本の近頃の女性は、それをもつと自覚して誇りに、街路へ進出してゐると思ひます。

第三例

次ぎの若奥様の着物は、大胆にもこれが六朝模様でした。どうもこれ迄は徳川時代の伝統にひきづられて来たのが、数千年も前の支那模様を探り込んできてゐるのは、そしてそれが立派に近代女性の姿態に活かされてゐるのを見ると、驚く許《ばか》りでした。品もあり、高雅さも加はつて実際よいものでした。襟の黄色もよい好みでした。たゞこの若奥様はストッキングをはいて居られましたが、私はこのストッキングは嫌ひです。

ストッキングの流行は、防寒の必要から来たものでせうが、それとゝもに肌をみせる不体裁を避けるための毛唐的な考へから来たものでせう。これが、どうも気に入りません。大体、西洋人程勝手なものはないので、肌をみせるのが嫌らいなら、嫌らいでよいのですが、夜会などの格好はどうでせう、殆んど、裸体ではありませんか。あの背肌をあらはすのを、足にもつて行つたからとて、決して不体裁の筈がありませんよ。それに皮膚の地が、西洋人とは由来雲泥の相違で、足の美しさは、もつともつとわが女性諸君に俟《ま》つてのみ発揮されてい〻と思つてゐますね。

自分の好きな色

或る柄が一人の人に似合ふとか似合はないとかは勿論理くつがあるのでせう。例へば背のひくい人はタテ縞の着物がいゝといふ様なことはその理くつの一例でせうけれど、理くつはあつてない様なものです。何となく似合ひさうな物はきつとよく似合ふもので、一種のカンとでも申しませうか。かうした場合に「理屈」は禁物の様です。

例へば、色と色との配合にしても、一つの規約がある様に云つてゐるのは嘘だと思ひます。例へば赤と緑は似合はない色だと申しますが、なる程、椿の葉とコスモスの赤い花とは似合はないかも知れませんが、コスモスの花の赤と、葉の緑、椿の花の赤と葉の緑は十分調和します。即ち単に緑と申しましてもその濃淡種類によつて非常な違ひが生じますので、一様に申されません。ですから一つの規約に随つて色の「配合」を云々することも出来ないものです。柄についても勿論さうで、背のひくい人が横縞のキモノを着て非常に可愛くキレイにみえることさへあるので、すべて一様には申されませ

「読売新聞」(昭和6年11月7日)

ん。

又折りたゝんで一部分みた場合に美しいものと、拡げてみた場合に美しいものとありますが、拡げてよくみえるものゝ方が着た場合に価値のあるキモノです。よく肩にかけて選んでゐますが、その点いゝ方法でせう。又この色は自分に似合ふ色だとか、似合はない色だとか御自分で似合はない色だと決めていらつしやる色がほんとに「似合」はない場合もございますが、案外似合ふ色を捨てゝいらつしやる場合もあります。それは一つは気持の問題で、着《っ》けなれない色は初めは自分の気持にぴつたりしませんが、やがてなれゝば、しつくりしてきます。自分の好きな色が似合ふといふのもその意味だと思はれます。又皆様も御存じの様に、キモノの色は半衿とか帯によつていろ〳〵に感じをかへてゆくことが出来ます。ですから薄色が似合はない人でも、薄色のキモノを着て半衿や帯に濃い色を用ひた場合には非常に全体をひきたてゝ決してをかしくみせません。

「歌麿」などはよくこのキモノを薄色にして帯を濃い色にする手法を用ひました。又キモノを選ぶ場合に、あまりに他人の服装を気にし過ぎること、勇敢に自分本位になさらないことは最もいけない傾向です。

色の使ひ方

「読売新聞」（昭和6年2月26日）

全体の服飾品を一色に統一することは、洋服から教へられた極く近代的な服装に思はれてゐるかも知れません、が決してさうではないのです。ずつと〳〵昔の時代にもあつた手法で、これは自分の身につけた一つ〳〵のものがどれとして目立たず皆一つの色どりになつてゐますが、さて群衆の中では大変にハツキリするのです。

で、お芝居のことをやつてゐますので、三人も四人も役者を並ばせる場合、一人だけ目立たせようとする時はきつとこの方法を用ひて同色系の色にいたしますときつと効果があるのです。現代のやうに街頭に於て、又は集会などの大勢の中で、とくに目立ちたいとする意識からこの方法が生れてきたのでせうか？

たゞむつかしいことは、かうした方法を採ると目立つのですから、若しそれがその人によく似合つたいゝものである時は、申し分ありませんが、一朝失敗したら散々な結果を生むことになります。ではいろんな色をとり合せて使ふ場合に、どんな注意が必要かと云ふことですが、やはり色の使ひ方には法則なんかはないと思ふのです。仮にさういふものがあつた場合でも、その型を破つたものが反対に成功したりもいたします。

又は、布の場合の色は、その染める地質によつて感じが随分違つて参りますから決して一概には申されません。例へば、キモノが濃い色だつたら、帯は淡色の方がいゝとか、帯が濃い色だつたらキモノを淡くする（江戸時代の美人絵かき歌麿はきまつてこの手法を用ひました）と云つた方法は、殆ど間違ひのないところでせうか。

次に、私が流行させてみたいと思ふキモノ――それは単色の紋付きでその紋を細工することです。つまり従来の紋は白くぬくことにきまつてゐましたものを、いろ〳〵配色のいゝ色彩をつけるのです。つまり加賀紋と称されてゐたものをやるわけですが――。そしたら面白いキモノが出来ると思ひます。

夢の中の美登利

「東京日日新聞」（昭和8年7月26日）

或日、うたたねの夢に、上野の美術展覧会で鏑木清方先生の絵を見た。絵は樋口一葉女史作のたけくらべ絵巻凡そ卅《さんじふ》枚続き位の大作、お歯ぐろ溝《どぶ》に紫陽花のしをれたのが一輪捨てゝあるところ、朝靄の深い中に美登利が金魚屋の池で金魚に見とれてゐるところ、夕暮長吉が蚊柱を分けて龍華寺の庭先へ顔を出すところ、反歯《そつぱ》の三五郎の長屋の路次の行止りに紅い蓮が咲いてゐる、筆屋の店先で、色の白い正太が祭りの装ひで忍ぶ恋路を小声で唄つてゐる、祭りの夜筆屋店先の大喧嘩、美登利の太郎稲荷へ朝詣り、中田圃のところ、廓うちの真昼いろ〱な芸人が落合ふところ、夜筆屋の店の秋雨、雨の中へ捨てられた紅入友禅の切れ、美登利午の日に縷紅草を買ふところ、酉の市の人ごみの中に一きは目立つ美登利の初々しき大島田、そのほか様々の場面があり、つく〲敬服して立帰り兼ねてゐる所で眼が覚めた。考へて見るまでもなく、これは先年清方先生が泉鏡花先生の註文帳を絵にされたのを拝見して、誠に〱讃嘆した事が、形をかへて夢になつた事と思はれる。情なくも惜しい事には、

覚めると同時にその絵が生彩を失つて、自分の絵に成つてしまつた。

その夢の絵の中へ出て来るもので思ひ当るものが中々ある。紫紺色をしたお歯ぐろ溝に紫陽花のすててあるのは実際見た事がある。路次の行きどまりに蓮が咲いたのは久保田万太郎氏の俳句、反歯の三五郎の顔は根岸のすし屋の子、その他大体見当がついたが、さて肝心な美登利の心当りがない、何所かで見たやうな姿とは思ふが如何しても思ひ出せなかつた。

ところが四五日前の晩、久しぶりにある山の手の小料理屋へ入ると、はつと気が付いた。そこの妹娘が夢に見た美登利であつた。その家は、揃つて姿のよい姉と妹で小ていに開いてゐる店、妹の方は二十、色は少し浅黒いのにいつも白粉気《おしろいけ》なし、眼は活々としてきつい方、顎は心持つまつて、形のよい鼻の先がちよつと上を向いてゐる。これが酔払客が悪くからかふと、鼻の先を動かして、眼をくる〳〵させてつゝかゝつて行くのが誠に可愛らしい。江戸つ子に見えるが、生れは北海道ださうである。さてその晩は髪は眼のつり上る程引つゝめた今風の束髪、ちよつと見ると若い娘がくし巻に結つたかと見える。地浅黄にお納戸の村濃《むらご》、白く撫子《なでしこ》を染めたゆかた、紫地に浅黄で流れを出した帯、薄い黄色の背負上げ、朱鷺《とき》色の手襷をきつくかけて種痘の繃帯が見える、白いひだをとつた前掛で相変らずの白粉気なし。今年見た夏の女で美しいと思つた一番最初の人。

「ホーム・ライフ」第4巻第1号（昭和13年1月1日）

春の女――笹鳴き

久しぶりの高島田に襟の冷えるのも気持よく庭へ出た娘。一片の青金が目の前を飛んだのは笹鳴きの鶯でありました。

女を乗せた船——忘れ得ぬ女

「オール讀物」第6巻第12号（昭和11年12月1日）

父を失つた私は、それまで住まつてゐた下谷根岸の家を畳んで、祖父母と共に川越の叔父の家に引き取られました。まだ汽車は無く、浅草の花川戸から荷物と一緒に船に乗り、途中一晩泊りで川越へ参つたのです。

初秋の頃でありましたらうか、川には水嵩が増して、不気味な渦が無数に流れて居りました。途中で、田舎から東京へ出る一艘《さう》の船に擦れちがひましたが、矢張り引越らしく、家財道具を積み上げて居ります。

そしてその荷物に侘しく倚りかゝつて、ぼんやり水面を凝視《みつ》めてゐる女がありました。

今にも降り出しさうな曇空の下の滔々《たうたう》と濁つた大川の上で、思ひがけなくも見かけた其の姿を、限りなく美しくも亦淋しく思つた事でした。

女を乗せた船は直ぐ遠去《とほざか》り、やがて私共は田舎へ落付きました。

其処《そこ》は旧城下の廓内《くるわない》で、菜種や桐の花が咲く夢の様な土地でしたが、船の中の女は時々思ひ出されて、その運命が儚く想像されるのでした。私の廿歳《はたち》か廿一歳ぐらゐの頃のことです。

この頃銀座通でみた或婦人の記憶画

「生活と趣味」第1巻第2号（昭和9年9月12日）

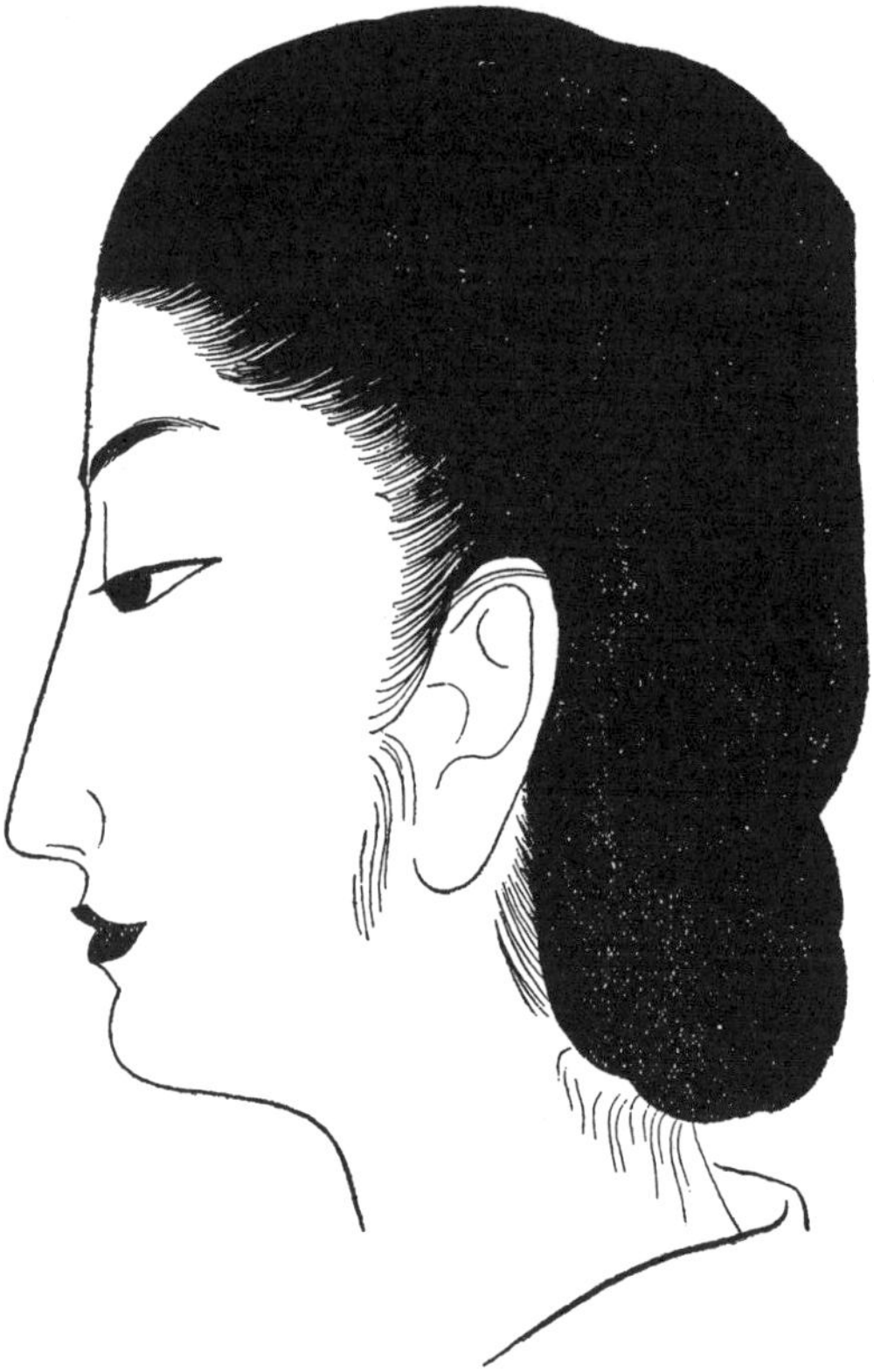

見方によつて相当新しい型の顔立にみへ、又極めて古風な俤もみへます。

この頃銀座通でみた或婦人の記憶画

春と女

「東京日日新聞」（昭和9年4月23日）

朝起きると昨日の風に引かへて、あまりの晴天に俄《にはか》に思ひ立つて十幾年目で近郊の或る古寺へ詣りました。駅から寺まで五、六町の畑道をぶら〳〵と小鳥の声を聞きながら歩くと気が遠くなる。真黄色に咲いた菜の花の根元に蜆の貝殻があつたり、麦畑に赤いメリンスの小裂《こぎれ》が落ちてゐたりして面白い。時々遠くで太鼓や鉦《せう》の聞えるのは今まで乗つてゐた電車に途中から乗り込んだ酔つた花見の一行が所嫌はずはやし立てたのが耳についてゐたのでせう。

寺は左側で大きな茅葺の門を入ると遥に正面に本堂が見える。その道の両側にある沢山の桜は盛を過ぎて、咲いてゐる花よりも道に散つてゐる花の方が多い位でした。御詣りをして本堂の裏へ出ると昔の講堂や僧房の跡が一面の野原で眼がさめる様です。野原の周囲は本堂の方だけ開いて三方は小山で囲まれ丁度摺鉢の底の様になつてゐる。山は向つて正面から左手へかけて松が青々と繁つてゐますが右手の山は全くの枯草山、それに日が当つて黄金色に輝いてをります。空は薄群青色に澄み切つて枯草山の彼方に広がる。その辺りを見てゐますと春といふよりは小春日和の様な心持がします。此所は桜も山の麓に四五本若い山桜があるばかりで花見の客は一人も見えませんが、それでも東京の人らしい摘草の女連れが三組五人連れと三人連れと二人連れと各々《おのおの》離れた所へ包を拡げてをりました。洋服の子供や髪を伸ばしかけたお嬢さん、束髪《そくはつ》や丸髷の奥さんもまじる中に洋髪の令嬢二人の褪紅色《たいこうしょく》の着物と萌黄色の着物とが美しく目立ちます。

青い草原《くさはら》に萌黄の色は一つになるといふ理窟もありますが原も着物も緑の中に白い顔と黒い髪が引締まつて奇麗だと思ひました。摘草といつても土筆《つくし》は沢山ありますが盛りが過ぎたし土地の乾いてゐるためか紫雲英《げんげ》はなし、菫は一杯に咲いてをりますが如何《どう》したものか色が淡い。たゞ見事なのは一面に生ひ立つた草の萌える様な緑です。多分あの人々もお弁当を食べたり唱歌を唄つたりして遊んでをればよい気持なのでせう。元気のよい娘さん達は向の枯草山へ遥に登つて参ります。その辺は夏になつたら蛇で大変でせう。今は大和絵ならば黄土に金泥の返りぐまをとり度くなる処です。

私は土筆を除けて仰向きに長々と寝ました。全く珍しい好日和《こうひより》です。昨日の風は何所へ行つたかと思はれる位で門前の桜があの様に地面一面に散つてゐるのも昨日の風の為と思はれますが、それにしてもこの静さは如何した事でありませう。枯山の後はたしか海の筈ですが波の音もしません。忘れた時分に摘草の女の児の声が幽かに聞えるだけです。何所からか白い蝶が二つ舞ひ上りました。見詰め

て居るうちにだん〳〵高く上つて蒼空にとけこんで見えなくなりました。

何時の間にか眠つたと見える。温か過ぎるので眼が覚めました。蝶があの様に高く飛ぶのを初めて見て雲雀《ひばり》の上るのは見たがなどと考へてゐるうちに眠つたと見えます。摘草の方はまだ元のまゝ遊んでゐる。少し暑過ぎて頭が重いので起き上つて本堂の方へ行く。何時来たか村の子供が三四人縁の下へもぐつて土を掘つて何か捜してゐる。お螻蛄《けら》でも捕へ様といふのかしら、併《しか》し今時分お螻蛄の居る時かしらなどと考へながら本堂を一廻してその隣にある何様か解りませんが三間四方位の御堂を廻つて後側へ出ようとしてはつと立止りました。御堂の縁に若い女が寝てゐるのです。こちらへ背を向けて襟足を長く出して前屈みに倒れた様に。薄色の着物に白地の帯が眼につきました。病気か、泣いてゐるのか、前へ廻つてそれとなく見ますと頬を縁へつける様にして指の先で縁板へ何か書いて居る様子でありましたが私を見ると顔はそのまゝにして眉を顰《ひそ》めて眼だけ笑ひました。

逃げる様にしてまた本堂の方へ廻る、年は二十か一位、非常に色の白い切れの長い大きな眼に締つた小さな唇が真紅に見えた。咄嗟に埃及《エジプト》古画の女の顔に似てゐると思ひました。私は一寸どうかしたのでせう、まだ縁の下にゐた子供にいきなり何を探してゐるのと聞くと返事もせずに逃げてしまひました。私はどうも少々ぼんやりした様で変な気になりましたので、そろ〳〵帰らうと思つてそつと縁の方をのぞいて見ると何時帰つたか姿はありません。気は咎めましたが何が書いてあるか見度くなりましたので縁へ近寄ると古びた板に錯落《さくらく》たる爪の跡が見えます。文字の様でありますから更に近く寄つてよく〳〵見れば

青天白日覓亡子
白日青天覓亡子
青天白日覓亡子

三、舞台と映画

舞台装置の話

「花椿」第2巻第1号（昭和13年1月1日）

舞台装置を作りますには、最初芝居の台本が廻つて来ますと、それを精読して大体のその芝居の気持を呑み込むのです。そして台本を読みながら、大道具、小道具、衣裳、鬘等と必要なものを四分類します。気分を統一させながら、又それにぴつたりと適つたやうにと大道具其他を分けてゆくのですから、相当の努力が必要なのです。例へて申しますと、此の武士には立烏帽子が向くか、折烏帽子が好いかなどを大体定めておくのですが、途中で最初の考えとは違つてきて取りかへる事などもあります。

それが殆ど整ふと、舞台監督とその時の座頭に逢つて、こちらの立案と向ふの考へとを照し合せて一緒にしてから本当の仕度にかゝります。

先程申しましたやうに四分類の大道具から始めてゆきます。それには道具帳と申しまして約五十分の一位の彩色をした見取り図とプランを作ります。次に、衣裳を登場人物の夫々《それぐ》に定めて、染めるも

「羽根の禿」舞台装置図（東京劇場、昭和6年3月）

の、縫ひをするもの、全部に渉つて用意します。小道具は、太刀でも、靴でも、火鉢でも、全てこれに属してゐて、その場その場に必要なものが作られます。最後に鬘ですが、これには役者が可成り神経を使ふものですから、こちらも注意して夫々の役者にぴつたりしたものを作らせます。

かうしたものが準備されてゐる間に、役者の方では芝居の稽古が行はれてゆきます。その最初は本読で、これは全部の役者が集つてゐる所で舞台監督が、台本を棒読みして役者にその芝居の筋を知らせるのです。次が、平稽古で、これはその役者だけの書抜きしたものが渡され、舞台監督の指図の下に自分のセリフを覚えるのです。それから立稽古で、これは普通の座敷で立つて稽古を行ひ、ここで型を定めます。

此の頃になると、私どもの舞台装置の支度もまとまり、稽古場へ立合つて、その場面の様子を見て居ります。そして、間口六間で足りると思つたものが足りなくて八間に直したり、又長屋住ひの芝居だから六畳ですむと思つてゐたのが大立廻りなどで人の出入りが多く、八畳位でなくては間に合はなくなつたりすると直ちに最初のものを変更してゆくのです。

それから附立が始ります。これは場面々々に鳴物を入れたり、虫の音、囃などをあしらふ事で色々の注文も出てきます。その翌日が総ざらひで、この日は舞台を飾つて衣裳を着ないだけで、鳴物、照明其外全てが揃つて最初の下準備が行はれ、それから舞台稽古となります。舞台稽古は、殆んど初日同様に舞台を飾り、衣裳をつけて行はれます。

そして、舞台装置をする方では、実際に飾つて具合の悪い時には、直ちに変更しますし、又色々手落のある事もありますので稽古に立合ひながら徹底的に直してゆきます。そして万全を期して、初日の幕を上げるのです。

舞台装置を依頼して来る場合には、最高幹部が決める事もありますし、又作家の方で舞台装置をする人の注文を出して、幹部達が合議して決める事もあります。元来、芝居は役者なしでは出来ないものですから、芝居の出物が決り、役者が全部揃はないと世間に発表する事は出来ません。役者が承諾しないと発表は出来ません。この時に大抵文句の出るのは二流どころからであつて、一流から出たのでは芝居が出来ませんし、又三流以下では問題になりませんが、そんなこんなで遅くなり勝ちで、舞台装置の方の仕事は二週間位はかゝるのです。

私の経験から申しますと、大変やり好い小屋とさうでないのがあります。例へて申しますと、間口十六間もある歌舞伎座は好いのですが、明治座では何うしてもアラが見え易いのです。これは、結局廻しの関係から起る事でして、歌舞伎座は十六間の間口に対し八間の廻し舞台がありますが、明治座ではそれが小さいからなのです。以前の帝劇は間口と廻しとが同じでした。理想から申しますと、間口より廻しの方が大きい事ですが、同じ位のものがあれば舞台装置はゆつたりして作る事が出来ます。それに左右のフトコロの狭い事は可成り困る場合が起つて参ります。

それから、ト書《がき》について申しますと、老練な大家の方のものですと、一幕三場などいふ芝居の場合にも、巧に廻し舞台が扱へるやうになつてゐますが、若い作家などには、非常に無理な事などあつてほと〳〵困ります。一場が余り奥深く舞台を取つてしまつて、二場が作れないなどといふ事さへあります。道具の出入の時間、役者の着物を換へる時間、さうしたものなどにも注意されてゐない芝居は装置をする方では大変困るものです。

芝居には勿論主役、端役とありますが、余りに主役ばかり凝つた衣裳を着させますと、反つて端役の単色の衣裳などに引かれてしまつて見ばえのしない事もあります。それですから、主役を生かさうと思つて、その反対の結果になつてしまふ事もあります。

挿絵の場合には、何も文句が出ませんが、芝居の方は大勢でやる仕事だけに色々な無理も出ますし、相当むづかしいものです……。

幻《まぼろし》椀久舞台装置内輪話

「芸術」第9巻第5号（昭和6年2月15日）

幻椀久が歌舞伎座に上演されたのは、昭和三年六月ですから、もう三年近くなりますが、今でも思起す度にまた上演されゝばよいと思ふ。

同年五月の月始に松竹の遠藤為春《いしゅん》氏から、この椀久尾上菊五郎氏の一人舞台、清元延寿太夫独吟、三味線清元桂寿郎氏の、舞台装置を考へるやうとの話、これは実に大役だと思ひましたが、大に奮発して御引受け致しました。そこで打合せの為芝三田の六代目の邸へ参つたのは夜の十二時、其の時はまだ新橋演舞場に其月興行がありましたので、六代目の帰宅を待つた訳です。この夜広間に集つた方々は、六代目、同夫人、門人方、遠藤為春、清元延寿太夫、清元桂寿郎、藤間勘十郎の諸氏、外に大勢見えてゐて、こまかな相談がありました。さてこの幻椀久は岡村柿紅《しこう》氏の遺作で、新橋演舞場開場当時公演されたもので、私はそれを見て居らず、清元も聞いた事もありませんでした、聞けばそれは舞台面も写実風で、役者も多勢出られたさうですが、この度は六代目の考で、一人踊ることゝ定ま

「幻椀久」の舞台装置（歌舞伎座、昭和3年6月）

つた訳、ところでこの舞台は、場所は住吉海岸、時は夕暮といふ、椀久は狂乱ではありますが、どうも狂気と正気の間をさまよふやうに思はれる。舞台は無論派手には出来ず、さればといつて踊の事故、あまり陰気になつてもいかゞ、兎に角唄を聞きたいものと心から思つたけれど、言ひ出しかねて居ると、まるで夢のやうに一つ唄はふといふ事になりました。夜も更けましたが六代目夫人も席に出られ、邸内に居られた方々皆集まつて、それを聞いた次第ですが、私は其時までこの様にしんみりした気持で、清元を聞いた事はありません。人に話すことは出来ないのですが、たゞ涙が出ました。宅へ帰るとぢきに夜が明けました。

この様に夜更の打合せを度々行ひ、六代目の工夫で幕が開くと大臣柱から大臣柱へ黒ビロードの幕を下げ椀久は仮花道から出て、踊りながら舞台を上手より下手へ通り抜け、花道の中程まで来て舞台へ戻る。黒幕を上げると、初めて舞台の松が見える。その中に松山太夫に見立てる松が一本、その位置、高さ、舞台の足どり等を開き、さて出来上つたのがこの図のやうなものであります。

舞台正面、銀鼠色ビロードのホリゾント、松切出し十数本。

所作舞台廻し、中心の後ホリゾントの処まで敷詰め、上手袖の前清元台後へ金地六曲小屏風をたてる。これはビロードへ声をすはれぬため、さて大体として私の考へました事は、極めて品位あること、静かなる夕暮のうちに色気あること、椀久の気持に時々変化ある為それを妨げぬ用意の必要なること。十六間の大舞台ゆゑ、椀久の舞台に居らぬ時、空疎な感を与へぬ様にすることなどでした。そこでホリゾントのビロードですが、非常な大さですから、無論銀鼠色がある訳はなく、白地を急に染めて竪に縫ひ合せたのですが、色に多少の濃淡があり、裁縫の人も非常に骨を折つたのですが、下げて見るとムラが見える。そこでまた縫直す、黒の法衣、頭は散髪を肩まで下げ、藤紫の投頭巾、持ものの杖と瓢《ひさご》はいづれも実物の上へ、それらしき色の縮緬をはつて、多少色を出し、紐は真紅で、文に見立てる為、寸法等六代目の細なる工夫あり。其間に連日連夜の六代目の稽古工夫に至つては、唯驚歎の外なく、実に敬服しました。

冷汗を流した長家の立廻り

「都新聞」（昭和4年4月8日）

たしか震災の翌年でした、帝劇が浅草に出開帳して、守田勘彌さんが「忠直卿行状記」を出した時のこと、二番目が木川恵二郎氏の「破《やぶれ》ごよみ」で、此の時、守田さんの支配人で田島金次郎さんといふ奇人が、私に、どうです一つ舞台装置をやつて見ませんかといふので、つい乗り気になつてやつたのが、先《ま》づ皮切り。それから帝劇でたしか林《はやし》和さんの作と思ひました「実朝卿渡宋船記」の出た時に引受け、それから間もなく、小山内薫さんから新橋演舞場で、正宗白鳥氏の「安土の春」をやるから舞台装置をやるやうに勧められそれをやつたのを松居松翁《しょうおう》さんが見て大層褒めてくれ、一つ歌舞伎の方もやつてほしいとの事、それから歌舞伎座のを殆ど毎月やるやうになりました。その時はたしか「淀君小田原陣」だつたと思ひます。

◉

今月などは歌舞伎座で高麗蔵《こまぞう》さんの改名披露劇「源氏烏帽子」、歌舞伎座で「頼家と政子」と歌右衛門さんの「夕霧の死」といふ三つです、何と大勉強でせう。……扨《さて》かうして長い間やつて居ますが、その中で、一番骨の折れたのが、菊五郎さんの「幻椀久」です。

踊りの名人とはいへ、十六間もある大舞台に唯一人、おまけに延寿太夫も独吟でせう、更に場所が夕方の住吉、人物は坊主と来てゐます、どうにも仕様がないではありませんか。前に新橋演舞場でもこれを出したことがありますが、芸妓の踊りで、その時には太夫を多勢出したさうです。そして背景も海岸の風景としたのですが、今度はさうした風でなくバックは天鵞絨《ビロード》でそして松を大きく見せ出来るだけ幽玄な気分といふので、松の如き、すつかり描きあげた上に、銀の霧を吹いて見ましたし、踊り屋台も五間も奥へ引いてゐるのです、併しさうした苦心は一寸見物の方にはわかりません。

◉

沢山の仕事をする中には、随分滑稽な違算が出来たり、思はぬ見当違ひをすることもあり、面積を誤算したりするなどの喜劇も出来します。殊《こと》に困るのは九尺二間の棟割《むねわり》長屋などの道具で、立廻りのある場合です。唯長火鉢か何かを置いて差向ひで居る時はそれでよいのですが、さア立廻りが始まると大変です、実際中が狭いのですから大騒ぎし十分立廻りが出来ません。その一の例があの「時雨降る夜」などです。隣家を見せる、わざと戸を締たり、物干に「かもじ」を乾したり、精々凝つたものでしたが、さア立廻りが始まるとどうにもなりません、役者も骨が折れたでせうが私も冷汗でした。

今でも恐縮してゐます。随分わかり切つたことなのですが、つひその時の気持といふやうなものが先に考へられるものですから、こんなことになるのです。そこへ行くと黙阿弥のものなど〻、先代の菊五郎さんが定めたものなどは実に完全無欠です。それを今の若い人が一寸手をいれたりなどすると却つてぶちこはしてしまふものです。

◉

衣裳も背景や道具に負けずむづかしいものです。第一人に依つて似合ふものと似合はぬものがあります。それをよく飲み込んでやらぬと飛んだことになります。成駒屋などは十分に考へ、腑に落るまではウンといひませんが、成るほどその用意に感心します。まア総じて舞台装置は幕があくと直ぐ「あ〻い〻道具だ」とほめられるやうなのは、よくないこと〻思ひます。役者が現れてしつくり鳴物が合ひ、背景や道具のことなどすつかり忘れられてしまふ様でなくては、真によく出来たものとはいへないのでせう……まアこれから大に勉強することです。

舞台装置余談

「現代美術」第2巻第5号（昭和10年8月1日）

数年前尾上菊五郎氏が、歌舞伎座で、幻椀久を勤められた時の申合せの景色は今に忘れません。その時は未だ芝居のあいて居る時でありましたから、芝三田の尾上家に集つたのは夜中の一時過。菊五郎氏、清元延寿太夫氏、外数名の方々といろ〳〵申合があつたのでありますが、そのうちに延寿太夫氏が幻椀久を聞かせようといふ事になりました。それといふのでみえてゐた門弟の方々は皆集まる。誰方か迎へに行かれたとみえて此夜更に高齢の五代目夫人が見えられる。皆々襟を正してきいたのでありますが、私はこの時の心持を何と申してよいか言葉を知らないのであります。唯々涙がこぼれました。葎《むぐら》の中にたゞ一人といふ文句のあたりの事を今思出しますと、直ぐに清く晴れた深更に菊五郎氏母堂を中心にした一団の人々が、身動きもせずに沁み入る様な音声に聞き入つて居る有様を目の前に見る様な心持が致します。

さて舞台の幻椀久は申すまでもなく菊五郎氏の椀久唯一人。清元は延寿太夫の独吟で、あの通りの年代記にも載るべき名中幕となつたのであります。申合の結果私の関係いたしました舞台装置は、所作舞台、背景は銀鼠のビロード、松の切出八本許り、清元の後は銀の小屏風をたてました。椀久の鬘は乱髪に藤紫の投頭巾、衣裳は白群青色に色入で扇に松葉散し、紫の名古屋帯、上へ黒紗の法衣、片肌を脱いで丹色の片袖が見える様に致しました。

これも先年東京劇場で尾上菊五郎氏が勤められて、誰知らぬ人もない程評判になつた羽根の禿《かむろ》と浮れ坊主の踊の時ですが、初めて楽屋で鬘をかぶつた菊五郎氏と向合つた時、あつと云つて気が遠くなりました。どうしても女の子供なのであります。舞台は勿論の事でありますが、楽屋でも同じ事がありました。この様な事今更言ふ迄もない事でありますが、さて此舞台の正面上手前の出入口に大きな暖簾が下つて居ります。九尺もあります。これは極く小さな事でありますが、この春歌舞伎で再演になりました時問題となりました。

或時私が菊五郎氏の部屋へ入りますと、直に言はれますには此前の演舞場の時の暖簾の色は何でしたかとの事であります。私は即座に紺と答へました。菊五郎氏の言葉に私も紺と思ふが柿であつたといふ人の方が多いといはれる。そこで私は考へるまでもなく、先年初演の時は舞台装置の道具帳を考へる前に二つの注文を菊五郎氏から聞いて居たのであります。一つは禿の衣裳の紅を丹色に変ること、一つは出入口の暖簾から先づ白い顔を出すこと、この二箇條を先づ決めてかゝつたのでありますから、第一丹の衣裳をつけた禿を柿色の暖簾から出す法はない。又白い顔をのぞかせるのにはどうしても紺であるべき筈と言ひ張りましたが、何んでも柿色だといふ人が多いのであります。幸ひ其時の道具帳がありましたから取寄せて見ると紺地に塗つてあります。これは実に一つの証拠でありますが、それでもまだ決着しないのみならず、亡くなられた梅幸《ばいこう》氏も揚幕から見て柿より紺の方がよくはないかと言はれたといふ人さへ出て参りました。菊五郎氏も言ひ出すと中々行くところまで行かないと気が済まぬ方でありますから承知をされません。

遂に最後の手段で布類の係の人に蔵を探して貰つて初めてよく解りました。つまり両方共に誠であつたのであります。何かの行違ひで初め柿に染上つて参つたので、直に染直して使つたので、初日は柿色で二日目か三日目から紺地に変つたので、蔵には二通り出来て居たのであります。

かういふ例は道具に限らず演出の上に常にあることで誠に小さな事ですが、僅か三四年の間の事にもかゝはらず、人の記憶のまち〳〵なのと、見た時に依つてあの時はかうであつたと一口に言へない例に上げたのであります。

「破《やぶ》れ暦《ごよみ》」の舞台と衣裳

「郊外」第3巻第6号（大正13年11月1日）

舞台装置――黒の中へ薄いろの動き。それが私の狙つたところだつた。が、これは、正面の壁の色が、期待してゐた濃さを出さなかつたので、思つてゐただけの効果を得られなかつた。それが、各人の衣裳の上にまで影響して来て、その効果を弱めてゐた。

観客の前には壁があるのである。その壁の穴から、観客は家の内の出来事を覗いてゐるのである。それを考へてくれないと、京都の家といふ感じが薄くなる。格子を入ると土間、店への用の人は、そこで用件を済ます。その土間が長く続いて、奥へ行つてゐる。観客の前にあるのが、それである。その土間の突き当りには、入口と同じ格子口があるのが定式である。私は、それをつけるやうに画いた。ところが、上手《かみて》の方の客席から舞台が見えなくなる、といふダメが出て、それは除り払はれた。これは、大切な感じをかなり殺いでしまつたが、どうも仕様がない。それを出ると、あの蔵わきの中庭、内玄関となるのである。奥への客は、こゝを出入りする。この内玄関は、書割《かきわり》のつもりだつたが、守田氏の考で、開け閉め出来るやうにして、最後におさんが逃げ出すとき、使ふことになつた。こゝは中庭になつてゐるのだから、家の内が暗いときには昼の光をささせ、家の内が灯された燈りで明るくなれば、暗い夜の色を見せたく思つてゐたのだが、充分にはその気持が出てゐなかつた。

壁は濃い鼠が、前いつたやうに、うまく出なかつた柱、格子は、紅がら色に渋をかけて磨き上げたもの、街通りに面したところは、全部、格子作りにと思つたが、特種のものであり、大道具の方の都合で、出入口だけになつて、しかも、そこだけは、他のやうな色にはして貰えなかつた。

暖簾は、脚本には紺とあつたが、壁が濃い色のつもりだつたので、その対比から白にした。置かれた用箪笥はあれでは小さい。自分の考へでは、黒塗り、金具の大きなものを、二つ、並べるつもりだつたのだが、何しろ震災後、さういふものが無くなつてゐるので、短かい日数の間では間に合ひかねて、あんなことになつたのである。でも、大徳寺火鉢や、幕あきに使ふ金盥なんか、よく間に合せたものである。

八間は、京都の故実家、関さんに伺つたところでは丸いのが真実だ、とのことであつたが、曲物《まげもの》が東京ではうまくいかないので、矢張り従前通りの角なものにした。初日に、余りその色が生々しかつたので、これは頼んで古味をつけて貰つた。

衣裳――事柄は元禄のことなのであるが、元禄風、がどうもいかつく見え易いので、守田氏と相談の上、時代を引き下げて、歌麿風でいくことにした。これは嘉久子の顔が、帝劇の女優のうちで、一番、歌麿風の髷に合ふ顔をしてゐるので、大変都合がよかつた。おさんの髷は厄介なものだつた。それをとにかく、あれだけに作り上げた床山《とこやま》の苦心に対しては、大に賞賛していゝと思ふ。おさんの衣裳は、前にいつたやうに壁の濃い鼠いろの前で効果ある色を出すため、薄い鶯茶の小紋にして貰ひ、それを、髷と帯との黒さによつて引きしめやうと試みた。下着は、くちなし色、扇散らし。上着の小桜小紋は、日数はなし、とても染めはしまいと思つたので、何かこのくらゐの小紋といふところから、桜を画いて渡したら、それを染めてしまつた。染めるのなら、まだ他に考案もあつたのである。

鶯茶の小紋に、くちなし色の下着、これは前に実際用ゐた経験があるので、自信があつた。帯を強い色彩にして、薄いろの小紋を用ゐることは、歌麿の絵を少し注意して見てゐる人の眼には、馴染みのあるものであらう。

長右衛門はおさんに対して、やはり小紋を用いた、茂兵衛は、淡い茶、帯は黒、久七は藍づくめ、帯は草色の淡いもの。お玉は、紫に黄のたて縞。総てみな、着物は薄いろ。茂兵衛の髷にも苦心があつたやうだ。あれは、太いと、武士になりたがるので。

おさんに小紋を着せたことについて、縞物、といつた意見も出たが、権式ある町家の内儀だから、といふ点で、思ひ切つて小紋にした。

その他の役々については、私は別段、用意なく守田氏に会ふと、急に相談されたもので、まだ〳〵考究の余地があると思ふ。

「破れ暦」上演の追憶

「郊外」第5巻第5号（大正14年10月1日）

あの舞台装置を手がけたために、興味が出て、その後、京都へ行つた時、大経師の家を実際に検べて見ました。京都にももう数は少なく、二條寺町に漸く一軒見出したのです。それから得た智識から、こん度あの舞台装置をする機があつたら、中庭の玄関は除つてしまいます。そして正面の壁の欄間をずツと下げます。つまり、作者の書かれた部屋の工合に全く近いものになつて来るのです。

歌右衛門氏のこと

「報知新聞」（昭和15年9月）

永い間重態を続けて居られました中村歌右衛門氏も、つひにこの程逝去されました。今更ながらこれも演劇界に一の時期を画する出来事と思はれます。

歌右衛門氏が明治の名優市川團十郎、尾上菊五郎両名人の息のかかつた明治、大正、昭和の三代を通じての本格の名優であることは、元より申すまでもない事でありますが、舞台以外日常においても実に立派な人でありました。

私が初めてお目にかゝりましたのは大正十五年四月歌舞伎座において、松居松翁氏作並演出の「淀君小田原陣」といふ一幕物の淀君の役を勤められました時、私がその舞台装置や衣裳考案を致しましたのが初めてでありますが、その間舞台装置や衣裳の考案は随分立て続けに致しまして、つひに昨年歌舞伎座の「桐一葉」の装置が最後となりました。その間舞台上の打合せや相談で度々千駄ケ谷の広大な邸宅の奥の居間で相談を致しましたが、実にお気の毒な程身体の工合も悪かつたにもかゝはらず、床の上にきちんと端座して相当長時間相談をされました。

大体非常に行儀のよい方でありまして、その様子は丁度徳川家達《いえさと》公をも少し美男にしたやうな端麗な姿で、しかも大変聡明な方でありました。世間で歌右衛門氏を非常に高ぶつてゐたといふうはさを聞きますが、決してそのやうなことはなかつたと思ひます。

人一倍義理堅い、行儀のよい、口数の少い、育ちのよい、品位の高い、聡明な、世にも稀な立派な人で、何の職になられても立派なことをされた方と思ひます。唯あまり端麗な様子と、無口と行儀のよさと、それから如何なる人に対しても決して人によつて態度を変へられるやうな事をされず、また如何なる事でも腑に落ちぬ事は決して承知されなかつた等で、一部の人からは誤解を受けられたかと思はれます。この相手の人によつて態度を変へられなかつたことは、私の最も敬服してゐる事であります。

私が初めて歌舞伎座で「淀君小田原陣」に関係致しました時も、その以前帝劇の舞台装置しか致した事がありませんでしたが、大正十五年に小山内薫氏から頼まれまして新橋演舞場で正宗白鳥氏原作、小山内薫氏演出、市川左團次氏所演の「安土の春」の舞台装置を致しました時、松居松翁氏がこれを見て、丁度その翌月歌舞伎座初上演の予定の「淀君小田原陣」の舞台装置を試みに私に勤めさせようと考へられ、主役たる淀君を勤められる歌右衛門氏にその事を相談されました処、そのやうな素性も技量も知らぬ者に頼む事は不安心であるとて決して賛成されず、松居氏の再三再四の言葉により漸くそれでは一応観ようといふ事になり、わざわざ演舞場へ「安土の春」を観に行かれた上で漸く承知されたやうな次第でありました。この事は余程後になり関係者から話を聞いて知りました。何事も手落のないやうに念を入れた方でありました。それ以来非常に御懇意になりまして、数多く舞台装置を致しました。

それから私方に歌右衛門氏筆の一枚の墨絵の竹の色紙があります。これは昭和十年頃の作でありますが、その絵の画品、墨色等、まことに歌右衛門氏の人柄がよく出て居ると思はれます。いづれこれは誰かの手本を習はれたことと思ひますが、今ではことごとくそれを忘れて、少しも模倣の気なく、見せようといふ衒気《げんき》もなく、しかも墨色濃淡度を失はず、さながら歌右衛門氏に対する時と同様な心持が致します。誠にたゞ一片の色紙ではありますが、私はこれを余技の上乗なるものと思つて居ります。

その淀君小田原陣の支度最中のこと、麴町の元園町に居りました私方へ夜更けに歌右衛門氏のお弟子が見えまして、淀君の鬘の雁金は如何しませうか、聞いて来るやうにとのことでありました。あれ程のえらい位置に居られる俳優としては全く珍しい方だと思ひました。かういふことは非常に物堅く決して自分勝手なことはされませんでした。誠に小さなことでありますが、仕事を致します者にとりましては実に気持のよいことであります。このやうに何事にも念を入れられるかはりに初日が目の前に迫りましても、少しも騒がず悠々として考へて居られるのには、私の方が大いにあわてることが度々ありました。

昭和二年一月歌舞伎座で岡本綺堂氏の原作「黄門記」が上演されました時のこと、歌右衛門氏は水戸黄門の役であれば実に立派な黄門様でありました。藤井紋太夫が市川左團次氏でこれはいろ〳〵の事件がありまして、つひに水戸黄門が小石川御館の能舞台の鏡の間で紋太夫を斬るところがありますが、綺堂氏のト書には水戸黄門が能の鍾馗《しょうき》の扮装で赤頭とありますのでその通りに支度を致しましたところがある学者が稽古中に楽屋に見へまして、水戸黄門程の身分のこと故年配といひ、この鍾馗は白頭の方がよろしいと思ふ由を申されました。これを聞いて歌右衛門氏は赤頭の派手より白頭の品位のある方に賛成されまして是非白頭で勤めたいといひ張られました。私はト書に赤頭とあり、赤頭と白頭とでは位取りの上からも色の配合の上からも衣裳等もすべて変りますのでト書を変へなければならぬことになります。かうなりますと私の一量見に決める訳になりません。初日は近し衣裳鬘の支度は遅れますし非常に弱りました。歌右衛門といふ人はかういふ風になりますと中々自信の強い人でありました。私はすぐに岡本綺堂氏方へ飛んで参りまして相談致しました処、綺堂氏のいはれますには成程老公の年齢や身分からいへば白頭がよいかも知れぬけれど、この芝居は老公が高齢をつとめて若返り、元気を振ひ起して紋太夫を斬るその老公の気性をあらはすには赤頭の方がよいと思ふといはれましたので、直にとつて返し歌右衛門氏にこのことを申しますと、即座に理解されまして赤頭のことに確定致しました。中々一旦いひ出されると強情な方でありましたが、話は誠によく解る方でありました。

随分数多い狂言の鬘、衣裳、持物など私が案を立てまして相談致しますと、大抵その通りに決まりましたが、唯一つどうしてもその通りにされなかつた物がありました。それは尼の頭であります。尼の役を勤められた芝居を私は四つか五つ勤めて居りますが、一度も坊主頭になられたことがありません。理窟はよく解つて居られるのですがどうも気が進まないと見えます。私の関係致しましたものは皆鎌倉時代のもので、尼といつても白いきれを頭からかぶりますから毛があつてもなくても少しも見えないのでありますが、それでも坊主頭になるのを嫌はれるので襟の所で切髪にしてその上から白いきれをかぶせるやうに致しました。

その様子が如何にも坊主頭になるのが色気がないやうな気がされたのでありませう。誠にさとりきれない尼さんとは思ひますが、これも不思議な女形の心持だといつも思ひました。

独り芝居には限りませんが、ことに芝居の衣裳といふものは人をよく見るものでありまして、非常によく似合ふものとそれほどでない物とあります。歌右衛門氏は品のよい色調の物なら何でも似合ふ方でありましたが、特に上品な古代紫がよく似合ひました。紫といふ色は誠に六ケ敷い色で上品な色でありながら悪くすると非常に品が悪く見える事があります。

かういふ事がありました。数年以前のこと、ある有名な若い女形が、坪内逍遙博士の牧の方を勤められたことがありまして、私が舞台と衣裳に関係致したことがあります。この牧の方は歌右衛門氏が度々上演されたものでありますから、その時も道具も衣裳も大体前例によりました。舞台を一杯に使ふ奥庭の場の大道具で、池の小島の牧の方は織物の小桂に精好の濃き色の袴で出ます。この時その通り作りました処が初日に駄目が出ました。それは牧の方の袴が海老茶の袴でをかしいといふ批評であります。

そのやうな筈はないと思つて衣裳部屋で改めて見ますといつも通りの濃き色であります。電気照明のためかと思つて種々試して見ましたが左様でもありません。私も人によつて色の効果が異なるのを今更ながら驚いた次第でありまして、直に緋の袴ととりかへました。この濃き色は一寸深紫のやうに見える色で中々六ケ敷い色でありますが、歌右衛門といふ人は、かういふ色が好きでまた実によく似合ひました。

打掛や腰巻の大変よくうつる方で、「桐一葉」の淀君を初めとして、数多くの打掛姿の役を勤められましたので、私もちよつとは数へ切れぬ程、打掛や腰巻を作りましたが、実によく似合つて、ほれぼれする位でありました。打掛を着て両手で物を持つて歩くのが六ケ敷い話を度々聞きました。沢山作りました打掛の中で、淀君で作りました黒地の打掛を好まれて、後に何れかの寺へ記念に奉納されたやうに聞いてをります。それは京都東山高台寺の奥の院の扉の高台寺蒔絵からとりまして黒地の紋綸子へ金の箔押の尾花を大きくその間に大さ三寸位に赤、緑青、群青の桃山時代の桐を刺繍した物でありました。

大体非常に衣裳の着栄えのする方で、淀君なり、また将軍なりの扮装が出来上りまして、楽屋の部屋に端座して居られますと、実に立派で仮の姿とは思へぬ位でありました。そして扮装が済みますと心構へも異なりますか、一段と気品が出て、お弟子が次の間まで来て挨拶をされるのを、軽く受けられるのも誠に自然でよい景色でありました。歌舞伎座の楽屋の部屋は一階で、長い廊下の一番奥のつき当りの左の部屋で、次の間のついた立派な座敷で、部屋の上手に床と棚、正面窓に面して大きな鏡台を据ゑてその前にすわり、下手の鏡台の前は、それはそれは可愛がつて居られた児太郎氏の座でありました。

一本刀土俵入の舞台

「アトリエ」第13巻第9号／舞台美術号（昭和11年9月1日）

長谷川伸氏原作「一本刀土俵入」が東京劇場で初めて上演されたのは昭和六年七月でありました。流石に永く後に残つて度々上演される程の芝居は初めから何処か違つたところがあるもので、たしか六月三十日と思ひますが、舞台稽古を見て居て、胸の迫る思ひを致しました。尾上菊五郎氏の駒形茂兵衛には皆々唯感嘆の外はありませんでした。

序幕の我孫子屋の場で中村歌右衛門氏が、客席から、我孫子屋の二階で先代の福助氏の勤めてゐるお蔦をしげ〳〵と見て居られた景色も今となつては思ひ出の一つであります。

此の芝居は三幕四場で、我孫子屋、渡し場、利根川べり、お蔦の住居となつてをります。序幕の我孫子屋は取手へ参りまして丁度ト書のそれらしい家をみつけましたので、それを参考にして造りました。何といつても、ト書にあつた朝日に浪のシックヒ壁と軒下へ置いた菊の鉢植が思ひ付きでした。欅の大木が舞台の寸法の都合で思ふ様に見せられなかつたのは残念でした。

我孫子宿の場

渡場の場

お蔦の家（正面）

お蔦の家（横）

二幕目の渡し場と、利根川べりは我孫子取手辺の景色であります。

三幕目お蔦の住居、終りに半廻になつて、戸口が正面になるのですが、竹藪の中の山桜が生きました。屋台は汚さに古びを見せました。上手藪を通して遥に見えるのは利根川です。

写真に入りませんでしたが上手のカコヒ前に焚きつけ用の枯松葉を積み上げて、前に沢山紫蘇を植へました。松原の茶色、紫蘇の葉の紫とで一種の心持を出し度かつたのであります、下手も矢張り、同じ考へで枯枝と古蓆《ふるむしろ》で鶏小屋を造りました。

大体新作の二番目の舞台は一番目にくらべて写実となるのが原則の様に考へます。唯此の写実の中に品位と詩のあることが必要かと思ひます。此一本刀土俵入の舞台は大道具金井氏の非常な気の入れかたにより、あの長谷川伸氏の作にとほつた特殊な詩が多少あらはれたのは嬉しいと思つて居ります。

羽子《はね》のかぶろの暖簾《のれん》

第2期「春泥」第4号（昭和15年12月30日）

昭和六年三月、尾上菊五郎氏が東京劇場の中幕に浮れ坊主と組んで出した、羽子のかぶろは全く素晴しいものでした。すつかり仕度が出来て座つて居りますと、楽屋で向ひ合つて居りましても誠に女の子供としか見へません位で、実に妙でありました。舞台の評判は勿論申すに不及今では立派な一つの型になりました。

鬘はあれやこれやの末歌麿の絵から六代目と鬘の方とが工風したもので能《よ》い出来でした。着附は地色は丹色、模様は薬玉で帯は黒地に銀の菊菱の刺繍、大きな羽子板は、表金箔裏銀箔の上へ極彩色で松竹梅を画いたものでした。

それから三年程たつて今度は歌舞伎座で矢張り此羽子のかぶろがでました。話は此時の事でありますが、初日前の稽古中に楽屋の部屋へ入りますと、菊五郎氏に突然此前の東劇の時は後の暖簾は何色でしたかと聞かれました。私は考へるまでもなく紺と答へました。ところが紺ではない柿だといふ人が一座に甚だ多いのであります。現在其舞台に勤めた方も多勢居りますしそれ程古いことではなし誠に変な話ですが中々きまりません。いづれに致せ最早過ぎ去つた事どちらでもよさそうな事でありますが、菊五郎氏が又中々よいかげんにして置けない方ですから、いろ〳〵な人を呼び寄せて聞きますうちに或人は今は亡き尾上梅幸氏が揚幕から見て、あの柿色の暖簾は工合が悪いと言はれたのを聞いた人もありました。菊五郎氏は紺の説でありました。それから私は其当時画きました道具帳を取寄せて見ますと紺になつて居ります。これは有力な証拠でありますが、それでも中々柿色の説の方が多いのであります。

そこで私が必ず紺だといふ訳は初演当時大道具の仕度にかゝる前に菊五郎氏と種々相談したので有りますが、其時に衣裳は丹色にするといふ事を聞いて居たのであります。しかもあの実に可愛らしい、暖簾から顔だけ出す振のことを聞いてそれから道具にかゝつたのであります。多くの場合かぶろの暖簾は柿色が定式となつてゐるかと思ひますが、此場合暖簾の間から白い顔を出しますのに柿暖簾では栄えません、且又衣裳の丹色も柿の暖簾では合ひませんから如何にうろたえても柿色の暖簾を作ることは決してないのであります。

そこで気がつきまして此上は実物を調べるより外に致方がないので、暖簾は表の小裂《こぎれ》の係りでありますから、其方へ頼みまして倉庫を調べて貰ひましたところ其時の暖簾が二つ出て参りました。即ち柿と紺と両方あつたのであります。尚よく調べますと事情が分りました。小裂の方では手廻しよく定式により柿の暖簾を誂へましてから其あとで紺暖簾といふことが決つたのであります。そして舞台稽古に大道具を飾つて見て初めてそれが分り、大急ぎで染め直し、二日目から紺暖簾を使つた訳でありました。つまり舞台稽古と初日を記憶して居る人は柿。それ以後は紺、といふことでありまして何れも事実なのでありました。

これは誠に一寸した事でありますが、芝居の内では此の様なことは常にありますことで、中々一図に物がいへないのであります。それに僅二三年前の事でさへこれでありますから人の記憶といふものも覚束ないものと思はれます。つゐでに申ますと歌舞伎座の時の衣裳は、六代目が外に赤姫の役を勤められますので、緑地に斧琴菊の大模様を染めて刺繍し、帯は黒地に銀の結び文をつけました。

羽根の禿のこと

「雑味」第5号（昭和6年12月20日）

古曲が上演される場合に、その主演俳優の理想——世間には時にそれを道楽気といふ人もないではありませんが——によつて、それはそのものを「よりよくする」の意味から、その文句にも、曲節にも、また所作にも、多少の改訂やヌキサシが、許されてゐることは事実であります。かくして幾人かの名優の手によつて、いよいよ洗練され完成されてゆくものであることは、今更らしく私が申すまでもないことであります。

東京劇場四月興行に、六代目によつて上演された「羽根の禿」に就ては、固《もと》より古典舞踊に、甚だ通ならざる私には、それが昔からの型に対して、どの程度まで塩梅されてゐるかは解りません。唯六代目が、独自の芸術的衝動と、自己信頼の権識とで、古き型を尊重しながらも、併《しか》も必ずしも其型にのみ囚はれず、眼立ぬ中に新表現を試みる、その効果を期するに就て、相談にあづかつた訳なのであります。

六代目が以前鏑木清方氏に何処かで邂逅した折、禿の着附の地色に丹色を用ひても差支はあるまいかと訊ねたら、氏は少しも差支はない、禿の着附の色は絶対に赤に限られたものではない、といはれたといふことで、そこで先づ今度の機会に、着附の地色を丹色にしたいといふ好みで、そこで舞台の中心の色彩の基調が然しきまつてくると、正面背景となる格子の塗色を、いつもの紅殻色を変へて、濃紅色に塗ることに誂へました。これは同じ花やかな赤色系統の二種の色の調和で、黄の交つた丹色に対して、黒の加つた紅色をもつて来たのは、つまり禿の着附を、色彩の上からはまづ殺してそうして活かすといふ技巧なのです。――然るに此格子の色が中々難かしく、此方の思ふような色が出ないので、いろ〳〵工風して貰つて、大道具師の金井君や間宮君にも気の毒な思ひをさせましたが――殊に此時の場合は、道具が替つて直ぐ、「浮かれ坊主」になるので、大門外の今灯が入つたばかりの夕暮の景色、門を全部白木にして、夕映の空を青金でかいた、それとのコントラストの上から、満点効果を狙つたものなのでした。

格子の桟も、上下の框も、普通のより幅を広くしましたのは、禿の姿を成べく小さく見せたい為のトリツクで、しかも直線をカツキリと見せると、そのトリツクを直ぐ、発見されて感じをわるくするので、線をぼかすやうに作つて呉れと註文を出しました。暖簾は最初禿が首だけ出すのを、クツキリと浮出させて見せたく、紺色を出来るだけ濃く染させました。

禿の髪は、鳥渡《ちよつと》考へると定つてゐるやうに思はれますが、実際調べると幾種もありますので、手許にあつた浮世絵の粉本の中から、春信以下二十余種のものを写して、六代目自身の選択に任せたところ、これが可いと択りだしたのが歌麿の絵から写したものでしたので、それを見本として、六代目専属の床山《とこやま》浅井君が非常に苦心して結上げたのが、また非常に好く出来上つたので、思ひ切つてグツト出した美しい襟足と、髱《たぼ》の出工合が此上もなくよく調和がとれたのは、全く浅井君の近頃の大手柄でした。

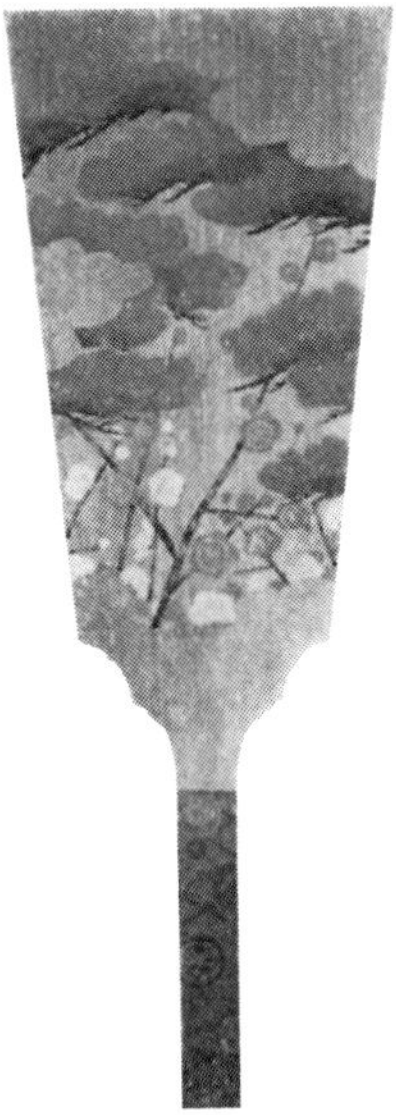

小道具の羽子板は、矢張禿を小さく見せる効果の上から、形を大きく拵らへることにしましたが、形が大きくなると自然目方が重くなるので扱ひ悪いといふ処から、已むを得ず薄地を二枚張合せて、中をガラにして拵《こしら》へたので、在来の押絵ではまづいので、表は金箔、裏地は銀箔にして、それに極彩色で松竹梅の模様を画くやうに、これは六代目の註文で私が画きました。

此方はすべて在来の型通りですみました。が、以上の点もみんな六代目が、恰度《ちやうど》所作の振に苦心をしたと同じ意義から、考案の上にも、効果の上にも、六代目自身の頭脳から割出されたのであることは、特に断るまでもないことゝ思ひます。

「女楠《おんなくすのき》」の舞台装置に就いて

「読売新聞」（大正15年11月2日）

今度の松居先生の「女楠」の舞台装置に参考にしたのは京都知恩院にある有名な法然上人絵伝《ほうねんしょうにんゑでん》四十八巻です。暇がなかつたので今度改めて実物を見に京都迄行く事は出来ませんでしたが、併し絵伝は先年発見されて問題になつた増上寺蔵の為恭の模写もありますし、自分の手許にも部分〳〵を写して置いたのがあるので好都合でした。閼伽棚《あかだな》や出書院《でしよゐん》等皆絵伝に拠《よ》つたのです。

舞台を廻して建物全部を裏表から見せる為め舞台を一杯に使つたのは何時もながらの事ですが、今度は第一場では屋根の切ツマをそつくり見せたので一寸苦心しました。切ツマをそつくり出したのは珍しい事と思ひます。南北朝時代といふので、鎌倉時代の風を一寸新しくして見たのですが、いかがでせうかと心配して居ります。

全体の調子を絵巻物風に行かうとはしたものの、さてそこへ生きた人間が出て来る芝居の事ですから、緑青《ろくしよう》を使つた絵巻物そつくりでは巧く結びつかぬ物でして、今度は其絵巻へ幾分実際の景色を加味する様に努めて見ました。此の前松居先生の「楠木正成」の時も装置を仰付かりましたが、此の時は戸外の場が多かつたので、一寸今度した様な苦心はありませんでした。人物の扮装も大体絵伝から取つたのです。矢張り、鎌倉時代を少し新しくして見たのですが、足りぬ処だらけと恐縮して居ります。

荻江露友侘住居《おぎえろゆうわびずまひ》——月謡荻江一節《つきにうたうおぎゑのひとふし》第四幕目

「郊外」第8巻10号（昭和2年10月1日）

こゝは、森庄五郎が、望み通り帯刀を捨てて芸人露友となり、荻江節の工夫に余年のない侘住居。宝暦七年の初秋。場所は、竈河《へっつい》岸、丁度、日本ばし住吉町のところで、この堀は今埋められてありません。

この舞台は、まだほんとの芸人になり切れないうちの気分を中心にやつて見ました。それで、壁はねぎし、柱は壁よりは淡く、台所と離座敷が自分の註文で、これはかなり冒険でしたが、でもある程度までは、はツきり自分の思ふところが表はれました。——露友が静かに手つけの工夫をする離座敷。庭の草は、かやつり草。襖紙は、鼠地へ鼠でこぼれ松葉。

しまつた、と思つたのは、軒の間に見える堀の情景。あゝは見えまいと思つたところかなり広く見えたため、大川と間違えられたくらゐでした。あれは、もつと大きく家でも描いて、堀といふ気分をはつきりさせればよかつたのでした。

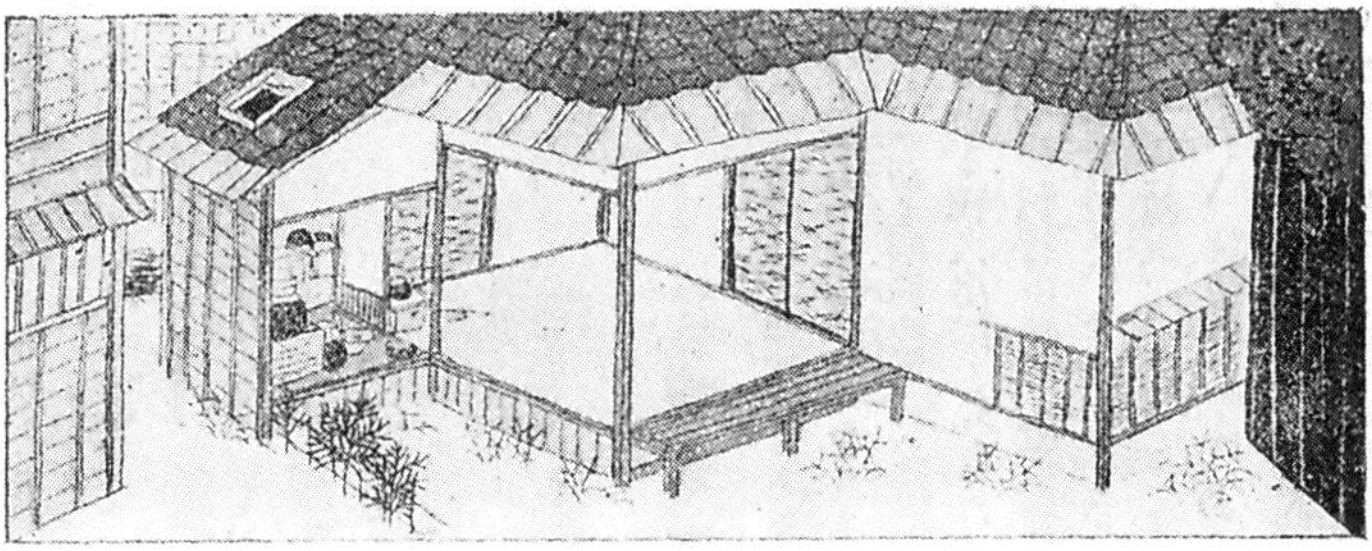

「月謡荻江一節」の舞台装置図（帝国劇場、昭和２年９月）

衣裳の方は、別段、申すこともありますまい。露友は、藍の立縞、都一浜は、紫と藍の瀧縞。これは普通の師匠らしく慥《こし》らへると、見た眼に、清元延……といふ感じを抱かせる恐れがありましたので、一寸、苦しみました。

芝居の衣裳の話

「現代美術」第3巻第7号（昭和11年7月1日）

現代美術から「服飾美術」の特集を出すから芝居の衣裳の話でもしてくれと言つてきた。私は元来話が苦手でどうも何を言つてよいかわからぬし、よしんば話したところで何もかもあたりまへの話で原稿にするほどのこともないやうな気がする。何とかお断りしたいと思つてゐたが、たうとうつかまつてしまつた。

芝居の衣裳などといふものも考へてみれば全く常識である。たゞ舞台に合せて色の調子を考へてゆけばよい。先づ役の性格と役者の形を考へて衣裳を考案する。初めに主人公の衣裳が出来ればそれに合せて重い役から順に色の調和を考へて作つてゆく。見た目に美しいといふことが第一だ。だから多くの場合故実とは喰ひ違つてくる。止むを得ないと思つてゐる。

いつだつたか「岩倉具視」といふ芝居で、殿上に公卿が十五六人並んで出る舞台があつた。このときには大部難しかつた。舞台に並んだ公卿たちといふのはいづれも三條、一條、九條といつたやうな、今日も尚ほその子孫が現存してゐる人たちで、だからその時分の写真もあり、着た着物も立派に残つてゐるだらうから、装束の色も紋柄もはつきりとわかつてゐる筈である。かうなるといくら芝居だつてさう勝手なことが出来なくなる。それに、岩倉さんは芝居としては主役だが、事実に於ては必らずしもそれ等の公卿家のうちで一番位が高いとは限らない。実際故実からゆけば恐らくは全部が黒装束でなくてはならないだらう。ところが、大庭に居並ぶ薩長の兵隊がこれまた黒の服を着て出なければならない。となると舞台いちめんまつくろといふことになる。そこで苦心が出て来るのである。初めはいつそのこと、故実通りに全部を黒にしてしまはうかとも思つたが、舞台監督の方針ともちがつてくるのでたうとう非難を覚悟してほどよく色を混ぜてしまつた。こんなことはよくあることで、実際これはいたしかたもない。私としてはむしろ見た目に美しいといふことが一番大事だと思つてゐる。

難しいと言へば文化、文政頃の江戸末朝の芝居で、この時分の町人の職業を衣裳で表はすことはなかなかむつかしい。それより以前のものは、実ははつきりとさせなくてすむから楽である。

仮りに、舞台に屋根屋の職人と大工と左官――とかういつた手あひが三人出て来るとして、それを扮装《なり》で分けようとなると中々骨が折れるのである。さうした例で私がとても感心した衣裳がある。これはむろん私の関係した芝居ではないが、数年前何とかいふ上野の戦争の芝居をやつたが、このときその役の一人に任侠肌の湯屋の亭主が上野の戦争に駆けつける場面がある。一口に湯屋の亭主といへば簡単だが、さてこの湯屋の亭主が山に駆けつける場合どんな衣裳を着せたらよいかといふことになると、中々どうして簡単な問題ではない。私は当時いつたいどんな衣裳を着せて出すかを興味をもつて考へたものである。ところでいよいよ蓋が開いて、これを見たとき私は驚いた。実にうまい衣裳なのである。先《ま》づ刺子《さしこ》絆天《はんてん》を着て、手拭で鉢巻をし、半股引を穿いて素足に草鞋といふ扮装《いでたち》なのである。かう一口に言つてしまへば何でもないやうだが、この扮装を目をつぶつて想像してごらんなさい。これほど湯屋の亭主を表現するに適しい扮装といふものはほかにないことがわかるであらう。中でも最も敬服するのは、半股引と素足に草鞋である。長い股引を穿けば仕事師になつてしまふ。半股引と素足に草鞋を穿かせたことでどれほど湯屋の亭主が生かされてゐることか。私は今でもこの考案者の頭のよさに満腔の敬意を払つてゐる。

今一つ感心した衣裳がある。これも私の関係した芝居ではないが、例の法界坊といふ芝居で、これに着せる着物は誰がやつても同じなんだが、その褌《ふんどし》に幟《のぼり》をつかひ、而もその幟に乳《ち》をつけてゐた。これは実に破戒の悪たれ坊主をよく表はしてゐるとおもふ。つまり褌がないからお稲荷さんか何かの幟を引破つて褌にし、それも男だから竹を通す乳《ち》のついたままで締めたといふ心である。見物には充分にそれがわからなかつたかも知れないが、私などは実に感心してしまつたものである。しかもその上に細かな工夫がされてゐることには、真の写実でゆけば幟には字が書いてある筈だが、その字があると変な想像をさせる恐れがあるので、わざと字が書いてない。これなども実に行届いた工夫だと思ふ。かうした風に、芝居の衣裳といふものは、すべて写実に工夫を凝《こら》し、而《しか》もその写実から綺麗に抜けてゆくところに舞台上の写実が生れて来るのである。

とりとめもない話をしたが、これで許して貰へれば幸ひである。

戯曲と舞台装置

「文芸時報」第133号（昭和5年5月1日）

舞台装置をやつて居て実際に当つて屢々《しばしば》困ることは、戯曲家が舞台の広狭深浅即ち間口奥行等を考へずに無闇矢鱈に多欲な舞台装置を考へ出す事である。歌舞伎座のやうな大舞台であればどんな自由でも利くが、明治座や市村座程度の舞台で非実際的な想像を逞しうされたのでは、我々舞台装置家は全く途方にくれてしまふ。

殊《こと》に今日のやうなレヴエー式演出の旺《さか》んな時、廻し舞台を普通の幕になる芝居と同じに舞台一杯の装置を考案されてしまつたのでは、勢ひそこに多大の無理と困難に遭遇せずに居られない。廻す舞台は廻す舞台のやう、幕になる舞台は幕になる舞台のやう充分調べて書いて貰はないのでは装置家の困難は一通りでない。

◉

それから舞台装置のト書きの場合、非常に詳細で親切なのと、簡略に要領よく書いたのと二通りあるが、前者の場合には余程よく舞台を知つて居て呉れて居る人でないと、我々装置家は手も足も出なくなつて立ちすくんでしまはずに居《を》られない。又余り簡略に殆ど具体的な指摘もなく書きこはされてしまつたのでは、これ又どこから手をつけて好いか我々は見当がつかなくなつて、徒《いたづら》に頭を悩まして困迷に陥つてしまふ。要するに舞台をよく弁《わき》まへて適宜に書いてもらつたのが、我々としては一番装置し易い。

◉

今日の劇場で一番装置の点から言つて理想的に出来て居るのは帝国劇場の舞台であらう。広くなく狭くなく、出入が自由であつて、我々装置家に取つては非常に便利である。

松岡先生と演劇

「塔影」第14巻第4号／松岡映丘追悼特集（昭和13年4月18日）

私が美術学校を出たのは明治四十一年であるが、この年に松岡先生は小堀教室の助教授として直接学校と関係を持たれるやうになつた。私は在学中下村観山《かんざん》先生の教室にゐたが、この年下村先生は学校を退かれ、代つて小堀鞆音《ともと》先生がこの教室の主任となり同時に松岡先生も学校へ来られたのである。それで私と松岡先生とは、学校では恰度スレ違つた形となつたが、始めてお眼にかゝつたのはそれよりも大分以前で、確か三十年代のことであつたと思ふ。先生とのお附き合ひも、惟《おも》へば随分古いことである。

絵の方のことに就ては他の人がお話することゝ思ふから、私はこゝで先生の演劇方面に於ける功績に就て思ひ出してみたい。大体松岡先生は凡《すべ》てに理解の広い方であつたが、先生の芸術意慾の中心としてその生涯を貫いた大和絵の新しい解釈とか日本精神の高揚といつたやうなことも、それを純粋絵画の方面のみを以て満足されず、凡《あら》ゆる方面に亘つて理解され吸収されることを熱望し、自らも常にそれに向つて積極的に活動されてゐた。演劇方面に於ける先生の活動も、畢竟《ひつけふ》は斯《か》かる意味の芸術活動の一つの現はれであつたに外ならない。

先生が演劇に対して興味を持たれてゐたのは学生時代からのことで、この頃團十郎や菊五郎の相談対手となつて芝居故実の考証をやつてゐた村田丹陵《たんりよう》氏の手伝ひをされたのが最初であつたと聞いてゐる。これが元でやがて自身で考証や装置を試みられるやうになり、遂には先生によつてこの方面にも一新機軸が齎《もたら》されるに至つたのである。

元来それまでの演劇関係の日本画家の仕事といふのは殆んど史実の考証に限られて、所謂《いはゆる》舞台の効果といふことは自《みづか》ら二の次にされてゐた。それを故実と同時に舞台の上へ一種の時代の空気なり脚本の気持なりを出さうと企図されたのが松岡先生であつた。持物や直垂《ひたゝれ》のやうなもの丶形式も一変し、それと同時に舞台から現れる効果もそれまでとは全く変つたものとなつた。時代の雰囲気も、趣味好尚も、先生の手によつて明確に舞台の上に浮び上るやうになり、それらの良いものが元となつて今日の一番目物の舞台形式が確立したのである。即ちこれを換言すれば、先生の当時の働きによつて一番目物の舞台形式に新しい革新が起つたのである。

先生の舞台といふのは一言にして云へば大和絵風の写実的舞台ともいふべきものであつた。それ以前は在来の芝居の背景のま丶でたゞ武具や小道具のみに時代の好尚を現はしてゐるに止まつてゐたが、先生は背景は勿論舞台の凡てに時代の気持を出さうとされたのである。一例を挙げれば、鎧や直垂にはその時代への考証を試みてゐたが、傍の松の木はどの時代にもお構ひなしに昔ながらの形でよかつたのがそれ迄の舞台であつた。それを或る性格の人物に対し鎧の形や色を工夫すると同時に、傍の松の木にも心を配つたのである。その時代によつて松の木もまた色と形を変へなければならない。それで始めて芝居としての時代の空気が出るのである。更に時代の雰囲気ばかりでなく、芝居によつて力強い舞台も優しい舞台もある。これによつても松の木の形は自ら異つて来るのが当然である。要するに時代考証と舞台の色彩の調和とが相俟《あいま》つて始めて時代の雰囲気が舞台の上に出て来るのであり、この点に着目し且つ実際にその効果を挙げたのが実に松岡先生であつた。

一体今から考へれば何でもないやうなことであるが、実際にはこれが仲々出来難いことなのである。故実に明るい人は兎角効果を疎かにし、反対に気持を出すことに興味を持つ人は故実に暗いといふ欠点を持つてゐる。その点松岡先生はその両面を兼ねられて居り、謂はゞ理想的に近い人であつたと云はなければならない。而かも先生の熱心は傍の者が困る位なのが常であつたから、そこに非常な効果が齎されるに至つたのも当然であつた。

先生が最も活躍されたのは菊五郎の市村座時分、歌右衛門が歌舞伎座で人気の絶頂にあつた頃を中心に前後十年余続いたかと思ふ。この間幾多の名作が生れたが、その後先生は段々お忙しくなり、次第にこの方面から遠ざかつて行かれた。たゞ近くは歌舞伎座に上演した羽左衛門と梅幸の「鶴亀」、梅幸の「葵上」の舞台装置を試みられたことがあり、これには私も一寸お手伝ひをした。

先生が直接関係を薄められた時分から暫く概して一番目物の舞台は定型化し熱意が失はれて来たかの感があつた。そこへ非常な興味で試みられたのが蓑助の「年中行事」の上演であつた。芝居としてはどういふものか知らないが、衣裳、小道具等には非常な熱心さを示され、大変な意気込みで働かれた。正直に云つて吾々《われ〳〵》も少しく芝居に馴れ過ぎてゐた際であつたから、些《いささ》か冷水をかけられたやうな気持がした位である。

その後も舞台に対する熱意は少しも冷められず、或る時は歌右衛門や松竹の大竹社長などゝ画策されたこともあつたが、到頭そのまゝで実現の機を得なかつたのは甚だ残念であつた。若し斯うしたことが実現されたなら、随分面白いものが拝見出来たであらうと思ふ。

とに角考証と舞台の気持との両方に、先生程理解の深かつた方は珍しかつた。先生の演劇方面に於ける働きはこれ亦不朽のものであつたと思ふ。

花によそへる衣裳の見立

「家庭」第2巻第9号（昭和7年9月1日）

月に一度は必らず――次の月の出しものさへきまると――その衣裳を選定しなければなりません。全体を七幕としても一幕に三十人宛《づつ》出れば延べにして二百人余、それを一々役の性格と同時に舞台へ出る人のお互ひの色の調和とを考へて、着物から半襟、背負あげの末まで選ぶのは、これ中々の難役です。

役の性格に合つた色でも、背景と調和し、隣に座る俳優の衣裳とぴつたり来なくては面白くありませんし、また俳優によるとどうしても似合はぬ色があるものです。

あれを思ひこれを考へて、もうどうにも配色の思ひ浮かばぬ時私は花を思ひ出すのです。例へば椿の花、こつてりとしたあの紅は何の色を取り合せても落着きませんが、あの葉のやうなとろりとした濃緑さへ持つて来れば実によくうつります。それにあの枝の薄茶。芙蓉《ふよう》の花の薄紅には浅緑の葉がついて調和の妙をみせて居ます。本当に造化の有難さです。花を思ひ出しながら衣裳を選んでゆけば大底失敗はないと、いつも私は考へて居ります。

原作者と舞台監督と舞台装置者

「演芸画報」第35年第10号（昭和16年10月1日）

芝居が上演されますのは、其脚本が或は小説の原作があり、別にそれを脚色した人があり、それを又々別の人が舞台監督即ち演出を受持たれる事がありますが、又最初から脚本として作られたものを別の人が舞台監督をされる事もあり、又原作者自ら舞台監督をされる事もあります。此原作者と舞台監督と同じ場合は誠に問題はないのでありますが、作者と演出家の違ふ場合に時々困る事が起るのであります。それは作者と演出家と意見の相違のある時であります。装置者として一の舞台をまとめますのには、舞台監督の意見に随ひまして、すべての物を作る訳でありますが、この双方の意見に違ひがあります時に、原作者に随ふべきか、或は演出家に随ふべきか、いろ〳〵な議論もありませうが、此様な場合は大抵初日を目前に控へ、仕事は山の如くで理屈を考へてゐる暇は全くないのであります。原作者と演出家に相談をして頂き其決定を待つべきでありますが、実際は舞台装置者受持の道具、衣裳、小道具等の事に一々演出家を煩はす訳にはゆかぬ事情なのであります。兎に角最も大事なのは舞台の出来栄でありますから、結局出過ぎるとは思ひながら自分で原作者と演出家の意見を伺つて廻り、いづれにか決定を願ふ場合も間々あるのであります。

この一例は極々小さな扮装上の事でありますが、先年岡本綺堂氏の作「黄門記」が、歌舞伎座で上演された時の話であります。この「黄門記」は三幕六場で様々の曲折がありまして後、大詰能舞台の鏡の間が、歌右衛門の水戸黄門が鍾馗の装束をつけ、出端《でば》を待つ間に、左團次氏の藤井紋太夫を斬つて、舞台へ出る処で幕になるのでありますが、脚本のト書に依りますと、光圀《みつくに》、六十五歳、赤頭、金の唐冠、能の皇帝の後ジテに出る鍾馗のこしらへにて、蒔絵《まきゑ》のかつら桶《をけ》に腰をかけてゐる。太田三七、神崎銀之丞の若侍二人は後見の役にて控へゐる。小姓一人は太刀をさゝげてゐる。といふのでありま す。此ト書に依りまして、すべて仕度を致しました。ところが演出の松居松翁氏からこういふ申出があつたのであります。それは水戸黄門の身分、年齢、又能の位などから、赤頭を白頭に変へ度いといふ事であります。しかしこれは小さな事の様ではありますが、正しくト書きの変更であり、且は段々芝居も進んで、こゝが最も高潮時なり、水戸邸の奥、夜陰の能舞台に於ける赤頭と白頭では非常な相違が起るのであります。自分一存で変へる訳に参りませんから、時日はなし直《たゞち》に原作者の許へ飛んで参り、委細お話を致しました処が、岡本氏の言はれますには、「白頭もさる事ながら、自分は水戸黄門が齢高く身体衰へて然かも気性若く、ことに此場は、一段若返つて、藤井紋太夫を斬る為に、特に赤頭を用ひ装束も華やかにとの考へなれど、それを承知の上は変更差支なし」とのお話を伺ひました。その事を松居氏へ伝へまして相談の上、ト書通り赤頭に決定致しました。

これは誠に一寸した事の様ではありますが、黄門の衣裳は勿論の事、序幕から殆ど全部の立直しをする程の影響があるのであります。中々一寸頭だけ取替へて済む次第ではありません。原作者と演出者の此様な問題は時々起る事でありまして、先づ致し方のない事と諦めて居る訳であります。

舞台装置家の立場から

今月の明治座に「足利尊氏」の舞台装置を引受けましたが、何分ともに初開場の同座のことですから万端手都合の行違ひがあつて、へまが多く恐縮してゐる次第ですが、由来舞台の成功した装置といふのは、装置が舞台に隠れて了ふのが最上のものかと思ひます。「これは素晴らしい舞台装置だ」など大向ふを唸らせることは極容易な術で、子役が不自然なキイキイ声を絞れば充分泣かされると同じ理由で、極彩色の書割にぽつと月でもせり出させれば喝采は受合ひです。けれどもそれでは舞台装置の価値はありません。矢張り何処迄も舞台装置は所謂《いはゆる》背景とならなくてはなりません。それでゐて充分情景が点出し得る技巧が、装置家の腕であり苦心でせう。

が、先づ装置家の苦手は脚本の途方もないト書です。明治座の例に採つてみると、舞台の奥行は六間です。これが近頃は一幕何場面で廻しになると、一場に使へる奥行は三間です。而も両袖に奥行一間をとられて了ひますし、廻す舞台と舞台の背中合せに三尺の隙間は見なくてはなりません。これで

「時事新報」（昭和3年3月18日）

二重屋体に縁先がつくと、実際座敷の奥行は五六尺となつて了ふのです。こゝへ床の間をつけてくれなどといふ註文があつた日には俳優の動きが出来なくなつて了ひます。この寸法がわからなく、勝手な卜書の附せられた脚本には、全く装置家は泣かされます。

また各座とも、舞台装置費には大体一定の経費がきめられてゐて、その範囲で装置を苦心するのも並大抵ではありません。先月の本郷座の「すみだ川」の装置にしても、二幕目萌町の場は大分非難を受け、萌町どころか玉の井の場だなぞと悪罵を浴びましたが、私もあの装置は気に入つてゐませんが、なにしろ手前から数へて四軒目が松葉屋といふのです。あの狭い間口の舞台に四軒並べるのですから、板塀も庭も植込みも、全然黙殺しなくてはなりませんし、それに格子戸などといふ道具は総てこの道では新調を許されません。つまりどの芝居にも格子戸などの道具は融通を利かせるもので、これを嵌めながら舞台に四軒軒先を並べるのは実際に無理なのです。

もう一つは舞台装置の色彩の問題です。どうも装置家が狙つた色彩は、その儘《まま》舞台に再現することは絶対不可能といつてもいいでせう。この問題なども、劇場関係者にもつと色彩に対する感覚の発達と理解が望ましいと思ひます。山川秀峰さんなどはこの問題で大憤慨したことさへあります。それに舞台装置家といつても、衣裳の染めまで指定するのですから、色彩問題は充分研究すべきでせう。それには費用の点に制限のあるのも考慮に価するのでせうが、近頃は追々装置に費用をかけますし、

「玄宗の心持」の装置の時などは、一台の車に数千円を投じた事さへあるのですから、立派な舞台が見られるのも遠い将来ではないでせう。

歌舞伎座の久保田さん、帝劇の鳥居さんが座附として努力されてゐますし、田中良さんなどは配光方面にまで註文を出して、舞台装置の進出に苦心されてゐます。

私のこれ迄に一番気に入つてゐるのは、「黄門記」の装置でした。

女優にみる浮世絵の線

「映画之友」第15巻第12号（昭和12年12月1日）

映画と云つても、私が夢中になつて一つものを二度も三度も見に通つた等と云ふのは「ヂゴマ」「アリゾナの高原」なんぞと云ふ写真の全盛期ですから、随分古いことですよ。そして常設館なぞもそう市内に沢山あるわけでは無く、私等は浅草一点張でした。其の頃の写真は今考へて見ても、何かゆとりがあつて懐しいものがありますが、此の頃のは何だか全体にあんまりムダが無さすぎて、やたらと筋ばつかり追つて行く傾向があるんでね。

私の関係した映画と云ひますと、先《ま》づ「お琴《こと》と佐助《さすけ》」、新興の「おせん」等で、両方共衣裳やセットの考証ですが、何せ舞台の仕事と違ひ、カメラの性能と云ふ事に暗いので、ムキになつて凝つた処がちつとも出なかつたり、自分としては別に気にしてなかつた部分を、監督さんのほうでは特に力を入れて撮して居たりしてね。「お琴と佐助」の時には何しろ原作と云ひ、松竹の意気込みと云ひ超特作級のものですから、私も大阪迄出掛けてツテを求め、純大阪風の昔のまゝの薬種問屋さんのお宅を幾度も〳〵訪問して、あのセットを造つたのですが、それでもお琴の居間の感じなんか思つたよりずつと広く撮るんでね、もつと狭い小部屋の感じが出し度かつたんですけど、それから衣裳は殆ど芝居関係の人から、本当にあの時代の船場の嬢《いと》はんが着て居たと云ふような、古い引ぱるとビリッと行きそうな品を借りて来て、其の中から選んだのです。

「おせん」の時は、あの監督さんが、私の遠近法を無視した挿絵の感じを出し度いと云つて、セットは皆奥へ行く程寸法を大きくしたので、出来上つたところは丁度浮世絵のような感じになつて、鳥渡変つたものになりましたが、そんな事は無駄な努力だと云つて仕舞ふ事も出来るでせうけれど……。

時に浮世絵と云へば、私はね自分だけの勝手な見方かも知りませんが、ジヨーン・クロフオードと云ふ人、あの顔の持つてゐる線は、どうしても国貞、豊国なぞの美人画と同じ系統ですよ。江戸末期の下町風な廃頽美の持つ、枯れた、洗ひ抜いた粋さと同じ要素を持つてゐると思ふんです。あの顔は。随分ボキ〳〵したぎこち無い線の集りですがね。

それで私は現在の女優さんの中では、あの人に一番興味を持つて居るんです。

映画片々語

私が挿絵を描いた諸作家の作品で、映画化された小説は数へ上げると沢山あります。

併しそれ等の殆ど全部は筋が本位で、挿絵に拠る処はありませんから従つて夫等《それら》の映画を見ても画家としての立場を離れて筋の面白さで見ますから、別に画家として批評を試みたり、意見を持つ事もありませんでした。

先頃新興で撮つた邦枝完二さんの「おせん」は、特に挿絵の持つ浮世絵的な味を出さうとして私にも話がありましたが、あれなどは新しい試みだつたでせう。挿絵の味を活かさうとして努力してゐる跡が見えてゐるのが非常に私として嬉しく思ひました。

「おせん」は新しい試みとしては成功だと云へると思ひます。

あれで興行的に成功なら尚更申分ありませんが。

鈴木澄子さんの「おせん」はあれ以上を望む事は無理だとおもひます。

「東京日刊キネマ」（昭和9年6月）

肉附も恰度好い加減に柔らかい線も出てました。

たゞ動き方に依つて一寸許り堅いところがありましたが、併し他の女優さんに「おせん」を求めるとしても見当らない様です。

私は鈴木澄子さんに依つてあの絵が生きた様に思ひました。

最近初めて澄子さんに会ひましたが仲々奇麗な、そして感じの好い人でした。

私は泉鏡花さんの作品が特に好きなので此の頃でも成る可く気をつけて読む様にしてゐますが映画になつた「瀧の白糸」を遂に見ずに終つたのは甚だ残念でした。

評判が良いだけに一層惜まれてなりません。

私はどう云ふ物か映画を見ても役者の名前を覚え様としないので不可ません。

その癖関係が深いので、至る処で俳優さんに会ふ機会はあります。顔を見るとわかりますが写真を見る時は夢中で見るのでせうか、それ共筋に因はれるのかも知れませんが、何れにしてももつと熱心になりたいと思ひます。

民謡と映画

映画を初めて見ましたのも、考へて見れば、久しい事であります。神田の錦輝館へ時々かゝりました時の面白さは、言葉の外で御座いました。それから浅草の電気館が映画館となりまして、それから忽ちのうちに今日の様に盛になりました。此間四十年位もたちませうか。夢の様であります。画も実に良くなりました。近来日本で作りましたものの中にも実に良いものがあると思ひます。しかし映画の見巧者と自らも許し人も許すきはの人の中には、洋画の崇拝者が多く、到底日本の作品は洋画に及ばぬ様に言はれる方が多い様に思はれます。しかし乍ら私は一概に左様には申せぬのではないかと思ふのであります。元より洋画には真似の出来ぬ良いところがあると思ひます。聞くところによりますと、撮影の費用や時間など比較にもならぬ相違だと申しますが、それはさておき、洋画のよいところに敬服して其尺度で物を見る心構へが、日本の作品のよい所を見ぬ様にさせは致しませんでせうか。俳優にしても、向ふの俳優の立派な事は元より、其芸はたいしたものでありませう。併し私は日本の

「ニッポン」（昭和13年7月）

俳優の持つ、幽韻とでも申しませうか、余韻と言ひますか、洋画に決して出て居ない芸の味があると思ひます。小さな事でありますが、品物をいぢる手許を見ましても、非常な相違があると思ひます。私は洋画に出て来るあちらの名優の手許や足許を見てをりまして、実に汚はしくて見るに堪へぬ事が度々あります。

それにしても只今は、何と言はず、芸事が実際の生活と全く一つになつて居ると思ひます。生活と離れた芸は尽《ことごと》く滅びるものでありませうが、中には少しは生活をなぞらぬ、つかずはなれずの作品もあつては如何なものでせうか、たとへば子供が子守唄を聞くやうな。私は大好な民謡がありまして、かういふ映画も一つ位ほしいものと思つて居ります。

それは文句は忘れて、うろ覚えでありますが「向の山に猿が三疋《びき》いやる」といふ文句にはじまります。或山の麓の八幡長者の乙娘が、夕暮に、橋の欄干によりかゝつて、向の山を眺めて居りますところへ、三疋の猿が出て参りまして、向の山へ花を折りにと誘ふのであります。そして三疋の猿に袖や手を曳かれて、夕月の中を、落葉を踏んで山へのぼります。山上は花の真盛りでありました。なんでも「牡丹　芍薬　百合の花　一枝折れば　ぱつと散る　二枝折れば　ぱつと散る　三枝がさきに日が暮れて　いづこの御宿へ泊らうか」といふ様な訳で、其夜は花の中へ眠るのであります。そして夜があけまして、麓の家へ帰つた或日の夕方、前の橋の上で、また向の山を眺めて居りますと、遥かな谷間から、ちら〳〵と火が燃え上つて山火事になりました。そして此火は、三日三晩燃えつゞけ、花の山を焼きつくしました。あとへしと〳〵と春雨が降るといふ。この様な意味の唄であります。私はこの様な情を出した映画も、少しはあつてほしいと思つて居るのであります。娘を神々しいまで端麗にうひ〳〵しく、人間は唯一人、あとは三疋の猿、花の山や、月夜の山路、又山火事などを十分に工風して見度いものと思つてをります。

私は此間「藤十郎の恋」を手伝はせて貰ひまして、誠に久しぶりで、映画に関係いたしました。此山本嘉次郎氏監督の作品なども、洋画の鑑賞眼を標準として見るものではありますまいと思ひます。

其時入江たか子氏の、お梶のために誂らへた衣裳（宗清の離れに用ひたもの）は、上着はお納戸地に銀鼠の桜小紋、帯は白茶地に色入の花筏の模様でありました。

大阪の商家

「大阪毎日新聞」（昭和10年2月）

谷崎潤一郎氏の「春琴抄」の映画のためそのセットならびに風俗考証の依頼を蒲田からうけたので、あらためて原作を読み返してみたが、大阪商家の構造といふものがどうしてもよくのみこめない。いくど読みかへしても家の形が頭に浮かばず、これでは画にもならず、一つのセットもつくれない。そこで忙しい身であつたが、大阪まで出かけることになつた。

大阪へ着いて早速谷崎氏の紹介で地唄の師匠菊原検校《けんぎやう》にお会ひし、矢部BK放送部長の紹介で「上《かみ》方《かた》」の南木芳太郎《なんきよしたろう》氏にお目にかゝつた。大阪のこととなるとまるで何一つ知識のないわたくしに対して、南木氏は痒いところへ手のとゞくやうに何くれと説明して、その上にいろ〳〵と参考書画を見せていたゞいたので、わたくしはここで大阪並びに大阪商家といふものに対して十二分の予備知識を授かり、仕事の上でおほいに助かつた。

いよ〳〵実際の商家の、それも古い家屋を見せてもらふことにして、案内には創元社の和田氏が忙しいなかを同行してくださつた。見せてもらつたのは主として船場と靫《うつぼ》にのこつてゐる旧家である。にぶく黒ずんだ格子と整然とした瓦屋根の重みが東京から来た物の眼にはまづ何よりも伝統への親しみ深い敬虔さをおぼえる。小さなくぐり戸をまたいで一歩うちへ入ると同時に、土蔵にでも入つたやうな暗さと冷めたさを身近に感じて、その冷めたさのなかに、桂、敷居、障子、鴨居、畳などが整然としてその位置を保つてゐる厳然たる配置に一種の圧迫感さへ感じられた。

わたくしはまるで子供のやうな珍しさと、老人のやうな伝統への愛着心に心をふるはせながら下から二階へ、部屋から部屋へと案内してもらふ。表構への質素なのにくらべて屋内の贅をつくした好みとひとゆるぎもしない均整美、たとへば金襖の豪奢さ、欄間の巧緻な浮彫、桂といひ廊下といひ、その材料の良さ、職人の腕の冴え、それらが伝統のなかにくろずんでにぶい光をたゞよはしてゐる有様、美しい一個の歴史である。わたくしはいはゆる大阪商人のもつ豪勢さを目前にまざ〳〵見せつけられたやうに感じた。

中庭の配置もおもしろい。石、植込み、燈籠が一つ一つ静かなすがたをたゝへて、中庭をとりまくおもやと廊下と離れ座敷の描く美しい線の流れ、つくづくとながめてゐたい動的な静寂美である。ドームのやうに高い明り窓をもつたひろい台所は三和土《たたき》からかすかな土の香さへにほつて来るし、二階から物干へ出るあたり、どこがどうといふのではないが、東京の家屋ではみられないおもしろさである。

大阪の旧家といふものは文化住宅のやうな簡素美と実用美をもつて、それが伝統によつてみがきあげられ、整然たる家屋の構造、そこに大阪商家の厳正な家族制度の規律がとけ込んでゐるのであらう。わたくしは近松物の義理人情が大阪の家屋を見てはじめてくみとれたやうな気がした。

大阪の古い街景としては、土蔵と水と橋が一つのポーズをもつた靫《うつぼ》の永代浜の大阪らしい風景をおもしろくながめた。

滞在三日間、しかしはじめて大阪の香をしみじみと感得できて、これでわたくしも安心して「春琴抄」の仕事が出来るといふものである。

「春琴抄」のセット——芸術における真実について

「サンデー毎日」第14年第17号／春の映画号（昭和10年4月1日）

芝居の舞台装置は、これまでかぞへ切れないほど手がけてゐるが、映画の方は、余ほど以前に日活の「狂恋の女師匠」、近くは新興の「おせん」セットに関して部分的な相談を受けただけで、今度の「春琴抄」のやうに、セットから風俗考証の一切まで引受けさせられたのはこれが初めてで、映画における私の最初の仕事である。しかも出演俳優のメーキアップまで私が考究することになつてゐるので、並大抵の仕事ではない。

監督島津保次郎氏の意気込みも非常なものだし、一般からのこの映画に対する期待も大きい。第一谷崎潤一郎氏の原作からが問題の名作だけに、私の仕事たるやまたやさしいものではないのである。蒲田の城戸所長から、故尾上梅幸氏のお通夜の時にはじめて交渉を受けたのであるが、今になつて見ると、安受合ひに引受けた自分の向ふ見ずを後悔さへしてゐるのである。

◉

とりあへず六個のセットをつくることにした。その六個のセットはいづれも独立した家屋で、くはしくいへば、主人公春琴の道修町の家、同じく淀屋橋の家、春琴の師匠春松検校《けんぎやう》の家、近江日野にある佐助の実家、有馬の湯治宿《とうちやど》、それに美濃屋九兵衛の天下茶屋の隠居所、この六個のセットで、それを私が作つた図形通りに実物の家屋として組立てゝもらふのである。

大阪の古い商家の構造といふものは、私にはまるで見当がつかないので、大阪まで出かけて靫《うつぼ》や船場に残つてゐる二、三の旧家について親しくその実際を見せてもらつた。東京でも、震災以前までは伝馬町あたりに随分旧家が残つてゐたが、大阪の商家はそれとは全くちがつた構造と雰囲気を持つた、いはゞ大阪の古い伝統に根ざした渋い枯淡美《こたんび》のなかに整然たる姿を保つてゐて、たんす、鏡台等の家具調度から庭先きの植木、石の細部に至るまで、東京では見られない趣きと美しさを示してゐるのである。その一つ一つをスケッチしノートしたものにもとづいて、今度のセットを考案して行つたのであるが、セット中大阪以外の近江の日野と有馬へは出向いてゐる日数がなかつたので、現存してゐるその土地の旧家の写真数十葉によつてその図形を考案したのである。

実際の家屋を組立てるといつたが、その出来上つた家屋の全景といふものは、映画面では現れないであらう。芝居の舞台装置ならば出来上つた装置全体がそのまゝの姿で観客の前に現れるが、映画となると、いくら家屋が完全にセットされてゐても、その部分々々が背景として使用され、利用され、監督の眼によつてどのやうにでも角度づけられ、細断されて、一個の家屋が全体の姿でなく、部分の姿を映画面に現すのである。

下は溝板《みぞいた》から上は物干まで、戸棚から便所の隅々まで実物の家屋同様に完全にセットしても、その部分をどのやうに利用し、活用するかは監督の意志によるので、その点装置そのまゝが観客の眼に一様にはいる舞台装置とは大いにおもむきを異《こと》にしてゐるのである。だから芝居の舞台では時によつては細部は簡潔に省略することも出来るが、映画のセットは反対に細部を入念につくりあげねばならない。全体の形がとゝのふとともに、部分が完全に出来上つてゐなければならないのである。

この部分の完全といふことは、その背景が出来るだけ真実に近く、そこに置かれた小道具が十分に考証され、考究された、「春琴抄」でいへば明治十五年ごろの大阪風俗をあやまりなく伝へたものでなくてはならないが、こゝで問題になるのはその真実と、誤りなき時代考証といふことである。

◉

芸術における真実とは、いふまでもなく真実らしさである。真実そのまゝの再現でなくて、真実の姿、真実のなかにかくれたその精神を端的に表現し、核心を描出することにある。舞台装置やセットにおいても同じく、如何にして真実らしさを表現するかゞ重要な問題である。真実を表現するためには、実物そのもの、たとへば柱の太さ、天井の高さ、格子の幅、その一つ〳〵を実物自体と同様に作り上げるべきものでなく、ある点においては誇張し、ある点においては省略して、その嘘のなかに真実らしい姿を表現し、その気分をたゞよはすべきである。単にセットのみでなく、小道具類から俳優の扮装に至る時代考証も、それが十分なる考究と考証を緊要とするのは勿論であるが、果してそれが考究されたそのまゝを使用すべきかといふと、いくらもの珍しい、完全に考証された物品であり、扮装であつても、それがもし映画面の真実らしさをブチ壊したり、その映画の持つ傾向と背馳《はいち》したものならば、それは単なる時代考証の遊戯に堕《だ》してしまつて、一種の道楽に終るのである。

◉

実際に大阪へ出かけて、その旧家を観察し、明治年代の大阪風俗と言ふものを下駄、足袋から頭の髪形まで充分に考証し、考究したものゝ、私は決して実際そのまゝを映画に無反省にとり入れようとは思はない。大阪の旧家にたゞよふ、あの伝統に培はれた一種の香りと、大阪風俗の特異性を「春琴抄」の持つ雰囲気に即しながら如何にセットの上にも、扮装の上にも十分に表現すべきか、――大阪の旧家や風俗をそのまゝ再現することは容易である。しかしある点においてはそれを誇張し、ある点においてはそれを省略しながらその大阪ならびに大阪の町屋が持つ気分を如何にたゞよはして行くか、そこが私の何より苦しんでゐる点であり、それだけに興味をもつてかゝつてゐる力点である。

なほ舞台装置にしろ、セットにしろ、それはどこまでも俳優の演技を助けるもので、舞台やセットが俳優の演技を押しのけて、観客の前にのさばるべきものではない。それは文字通り背景であるべきだと私は常に考へてゐる。舞台装置やセットがその小道具類の細部にわたつて、その凝り方、手の入れ方、考証の深さを、もし観客が俳優の演技をはなれて好奇と興味の眼をもつてながめるならば、その装置はある意味で失敗であるとともに、その演劇或は映画は、すでに覆ひ切れない破綻と亀裂を生じてゐるものだと私は考へる。舞台やセットは俳優の演技を活し、その作品の気分あるひは精神を十分発揮するやうに考案され、装置されるべきで、それ自体が観客の興味の焦点となるべきものではない。たとへば所作事の舞台装置は簡単で、背景の山なり松なり雲なりを描けばいゝので、極くたやすいことのやうに思はれるが、事実は反対で、普通の舞台装置以上に所作事の舞台となると頭を痛めるのである。

演技者の扮装、色彩、持物から、演技中舞台を如何に右し左し、前後して踊るか、その形、身振りまでを充分知りつくした上で、背景の山なり松なり雲なりを、その演技に順応するやう配置、考案するので、たゞ美しい山、美しい雲を描くだけではすまないのである。そこに装置家の見えない苦労がひそむので、これが演技は演技、背景は背景と個々に並立したならば、如何にその両者が立派なものであつても、すでに演劇としての美をなさないのである。

◉

話は大分「春琴抄」をそれて来たが、最初にも書いた通り、今度の仕事は映画における私の最初の仕事であるし、メーキアップの細部にまでわたつてゐるので、田中絹代《きぬよ》氏を如何に春琴らしくつくりあげるか、セットは勿論そんなこまかな点にまで原作の味と大阪の色とを如何に織り出して行くか、しかもその苦心のあととか、考証のあととかを観客に気どられず、どこまでも観客をして俳優の演技を作自体のおもしろさのなかに没頭させて、セットや扮装は、映画の味はひの陰にかくれて観客の興味を引かないやうに努めたいと思ふ。もし映画「春琴抄」のセットが、観客の好奇の眼を引くやうであつたならば、それは考案者である私の失敗であり、私の苦心が水泡に帰したといふべきであらう。

四、町と旅

日本橋檜物《ひもの》町

私は明治四十二三年の頃まで日本橋の檜物町二十五番地で育ちました。丁度泉鏡花先生の名作「日本橋」にかかれました時代の事で、その頃のあの辺は誠に何とはなしに人情のある土地でありました。二十五番地と申ますと、八重洲岸から細い路次を入つて左側の一廓で私の居りました家は、歌吉中心と云つて有名な家で、こまかい家の建こんでゐたあの辺に似合ず、庭に小さい池があり間数は僅か四間の狭い家でありましたが、廻り椽に土蔵のある相当に古い建物で、此土蔵の二階の真黒になつた板敷に心中の血を削つたあとが白々と残つて居りまして、いかにも化物屋敷の名のつきさうな家でありました。私方では此事を少しも知らず引越の真最中、前の染物屋の隠居に注意をされまして老人などは甚だ気味を悪がりましたが、兎に角此所に居据り永年の間住ひましたが別に不思議なことはありませんでした。家の横手にすこしの空地がありまして、真中に元の総井戸の跡へ引きました共用の水道栓があつて、空地を囲つて、芸者屋、役人、お妾さん、染物屋、町内の頭、魚屋、魚河岸の帳つけ、

「改造」第22巻第8号（昭和15年5月1日）

165　　日本橋檜物町

それに私の家の小さな勝手口がぐるりと取り巻いてゐました。頭の家では雨が降りますと多勢の人が集つてよく木遣の稽古をして居りました。私も門前の小僧で少しは覚えましたがいつの間にか皆忘れてしまひました。此の頭のおかみさんが此所でも評判の美しい人で、頭の恋女房といふ事でした。色の白い誠に姿のよい人で、小さな女の子がありましたが、子を抱かせるのは気の毒な程の若々しさでありました。此のおかみさんがひどい霜の朝など前の晩の火事へ駈けつけて夜明に帰つて来た頭の刺子絆纏を水道へ大盥を持出して重さうに洗つてゐますのをよく見かけました。ひどい寒さに白い手で重さうに刺子へ水をかけてゐる姿をまことに、いたいたしくも美しいと思ひました。その時分にいたづらをしてゐた近所の女の児は、今では土地の大姐さんになつて居ります。そして此の一廓は震災の時にことごとく焼けましてあと暫く焼野原となつてゐましたが、今ではその跡に見上る様な石造のビルデングが建ちまして元の一廓は地面の底へ埋められた様な心持がいたします。此程人を訪ねて此ビルデングへ参りました。此日は誠によく晴れた静な日でありましたが、応接間で人を待つて居りますと、昔の事が思ひ出されて、何となく空の方で木遣の声が聞える様な心持が致しました。

木場

「改造」第22巻第6号（昭和15年4月1日）

木場は東京のうちで私の最も好きな景色の一つであります。震災の以前にはよく好い日和に、雨の日、雪降りに、また月夜に、此辺へ遊びに参りますのが楽しみでありましたが、震災の後はいつとはなしに遠々しくなり、八幡様、不動尊、又宮川曼魚氏の許へは時々参りましても遂に木場へは足を入れたことはありませんでした。此程不図《ふと》思ひたち誠に久しぶりに木場へ参りました。近年至る所の町の様子がひどく変つてをりますので、木場などは特に非常に変り方でせうと思つて居りましたが、是は意外に変つてをりませんでした。町の筋が多少変つたり、木の橋が鉄橋になり、大きな邸がなくなつたり、あつた筈のお杜が見えなくなつたりしてはをりますが、木場の心持は元と少しも変らず、八幡前の大通りの賑ひを境として、別の世の中を見せて居ります。此町の静さを何と申しませうか、木の香は鼻のしんまで沁み通り堀一杯の材木や道を圧して林立する裸の木材を見て居りますと、妙に深山幽谷が想はれます。しかしながら、四通八達の掘割には、筏を分けて通ふ舟の艪《ろ》の音、道には材木

を運ぶ自動車、自転車、手細の絆纏に紺の股引紺足袋の人々が材木を担つたり長い鳶口を持つたり高いく〳〵木小屋の上に上つたり、縦に横に十文字に動いて居りながら、妙に音が聞えず、反て材木をひく鋸の音が不思議な程耳に立ち、鋸屑の舞ひ上つたり材木の間の鉢植の春蘭の花や、材木の下積の間から思ひがけなく芽を出す春草などが目立ちまして、誠に威勢能くも寂漠な眺めであります。色といへば空の色と、白木の材木と、掘割の水の色で、道端に落ちた一片の蜜柑の皮の橙色《だいだい》さへ非常に眼につくのであります。

あまり歩いて少し草臥《くたび》れました。或る小さな橋の上に休んで、一面に材木を浮せた堀を見ますと材木を山程積んだ船が一艘岸につないでありまして、岸の石垣の上から船へ細い歩み板が渡してあります。折柄降り出した糸の様な春雨の中を、材木問屋の娘さんでもありませうか、一人は島田、一人は断髪の年頃の女が、お揃の蛇《じゃ》の目《め》の傘を肩にしてその細い板をしなはせながら、丁度球乗りの女の様な格好で笑ひながら遊んで居りました。妙齢の娘さんのその様子がいかにも木場の娘らしく見えました。

大音寺前

「改造」第22巻第10号（昭和15年6月1日）

樋口一葉女史の名作たけくらべの舞台に使はれました下谷龍泉寺町の辺をよく歩きちらしましたのは明治三十六七年頃からでありました。其頃は下谷坂本の三島神社の角を曲つて大音寺前から日本堤につき当るまで小さい低い長屋が並んで其間に金魚屋の池などあり其の裏は蓮田や畑でありました。久保田万太郎氏の俳句で私の大好きな、「蓮咲くや桶屋の路次の行どまり」、は全く実景でありました。龍泉寺町の一葉女史の旧宅の前も幾度となく通りました訳ですが、まだ小説といふものを読まぬ私の気のつく訳もなく唯片側がおはぐろ溝《どぶ》に添つて見上る様な廓の建物と細い道をはさんで押しつぶされた様な長屋が並んでゐたことを記憶して居るばかりであります。此辺は吉原の大火の時に焼けましてそのあとは二階建の長屋になりました。其一軒に友達の親戚が引越しましたのでよく参りましたが家は建替つても両隣の商売は変らず酒屋と宿車《やどぐるま》でありました。此二階長屋も大正の大震災で悉く焼けて其あとに建ちましたのが現在の龍泉寺町であります。最早平家などは一軒もなく小さな洋館まじりに

大音寺前

何所の町ともあまり変らぬ町になりましたがそれでも昔からの土地の匂ひは今も残つて居りまして戸袋の蔭に片つけられて枯れた植木鉢にも思ひなしか午の日の夜店の買物らしく思はれるのであります。たけくらべに、「赤蜻蛉田圃に乱るれば横堀に鶉《うづら》なく頃も近づきぬ」、とありますあたりの路次を抜けやうとして途中の溝が開いて路次一面の水溜りにあと戻りをした事もありましたが今は見ちがへました。又これもたけくらべに、「茶屋が裏ゆく土手下の細道に落かゝる様な三味の音を仰いで聞けば、仲之町芸者が冴えたる腕に、君が情の仮寝の床にと何ならぬ一ふし哀れも深く、此時節より通ひ初《そむ》るは浮かれ浮かるゝ遊客ならで身にしみ〴〵と実のあるお方のよし」、とある処もおはぐろ溝は埋められ無論刎橋《はねばし》もなくなり、此辺に数々ありました寮も見当らず町の様子は全く変りましたが其変つた町ににじみ出してゐる昔ながらの心持は誠に胸がつまる様な気持がいたします。此辺の人々の顔立や姿、形、も何となく外の土地と違つて居りますし表に遊ぶ腕白の顔などにも三五郎正太の俤を見るのであります。髪を結つて他所行のなりをした娘さんなどの路次の出入りを見ましても何となくものあはれで何か身の上に変つた事でも出来たのではあるまいかなど余計な事を思はせるのであります。

入谷・龍泉寺

「東京朝日新聞」（昭和13年3月15・16・17日）

清元忍逢春雪解《しのびあうはるのゆきどけ》の「冴返る、春の寒さに降る雨も、暮れていつしか雪となり、上野の鐘の音も凍る細き流れの幾曲り、すゑは田川へ入谷村」といふ、三千歳《みちとせ》、直次郎の凄艶な舞台面は、何度見ても、理屈は知らず面白い美しい芝居でありますが、この廓の寮といふものは如何《どん》なものでありませうか。

私は子供の時根岸で育ち、途中他所《よそ》へ移り、中年にまた根岸へ住ひました。その頃は丁度、故澤村源之助の宮戸座時代で、一つ狂言を二三度づつも観に通つて居た時分の事で、その行きかへりに、入谷、龍泉寺辺は随分よく歩きました。それから龍泉寺町には友達が住つてをりました。それは金杉上町の、三島神社の角を曲つて、すぐに鉄漿溝《おはぐろどぶ》へ出ようといふ、左側の小さな二階造りの長屋で、右隣が酒屋、左隣が宿車で、引子が大勢居りました。

今から思へば、家は無論建て直つてはをりますが、多分樋口一葉女史の元の住居か、又はその隣りであつたと思はれます。久保田万太郎氏の句に「蓮咲くや桶屋の路次の行き止り」或は文字に私の覚え違ひがあるかも知れませんが、これは私の大好な句であります。そしてかういふ景色は、その当時は至るところに見られました。溜池や、田圃や、蓮田などは沢山に残つてゐた有様でありましたから、此芝居の書下しの時分は全く「廓へ近き畦道も右か左か白妙に」であつたことゝ思ひます。

この廓を取りまいてゐました鉄漿溝の近所は、それは屋根の低い、じめじめした家で、路次の中まで、堀の水がひらく様な陰気な所でありましたが、また中々面白い所で、何度歩いても厭きるといふ事はありませんでした。又一葉女史の「たけくらべ」に出てゐる水の谷の池も、その頃は、まはりを料理屋の小座敷で囲まれ、そして往来の竹垣は破れたまゝでありますから、中は池越しに見通しでありました。丁度其当時の春の吉原大火の時此辺の家は、避難の遊女で、何処もかしこも一杯で、この小座敷も、艶かしい女の姿がこぼれる様で不可思議な景色でありました。この池も間もなく埋められて、暫くは広い〳〵空地となり、子供の遊び場となつてゐましたが、それも暫くの間で、家が重なる様に建ち並んで仕舞ひました。

茲にも久保田万太郎氏の句があります。「水の谷の池埋められついかのほり」私の記憶違ひでありましたら御許し下さい。全く一寸した事で、実にはつきりと覚えてをりますのは、或日鉄漿溝の中に紫陽花の花が捨てゝあつた事であります。鉄漿溝のあの黒ずんだ濁つた紫色の中に、紫陽花の、濃い藍、薄い藍、薄黄の花が、半ば沈み込んだ色あひは実に美しいものでした。

今思へば惜しい事でした。未だその頃はこの辺に寮らしい家は、住み人は変つても、沢山残つてをりました。中を見せて貰つておけばよかつたと思ひます。私は何故かこの女郎屋の寮といふものに誠に心を引かれるのであります。龍泉寺の鉄漿溝の左側を少し左へ入つた所、又其通りを真直《まつすぐ》に行つて、あと少しで土手へ出ようといふ所を鉄漿溝について、右へ曲つて大門の裏へ出ようといふ道に、中々意味あり気なそれらしい家を見受けましたが、門口だけで中は無論見られませんでした。唯《ただ》一軒だけ田町の知人の家が、元の寮でありましたので、これは又見過る程よく見ました。

今となつては誠に仕合せと思ひますが、偶然に、昔の寮に住つてゐた人の所へ度々使にやられた事がありまして、そしてその家の主人夫婦に、私は大変に可愛がられて、行けば必ず終日遊んで帰るのが例でありました。それは私の十六七の時で、父の御世話になる先輩の方の住居で、元何楼の寮とか名を聞きましたが遂に忘れました。大きな寮を元のそのまゝ住つて居られました。

当時の田町は隅田川の河べりにありながら、妙に乾いたほこりの立つた町でありました。其通りの乾物屋と古道具屋の間に三尺程の間口の狭い路次があつて、両側は皆同じ腰障子の入つた長屋が沢山に続きまして、其つきあたりに小さな格子門のありますのがその寮でありました。此長い路次も中途で二箇所もうねりまして、如何にも元、田圃道の両側へ長屋を建てた事が解ります。

さて此寮でありますが、これは又「忍逢春雪解」の舞台の粋な家とは似ても似つかぬ厳丈なものでありました。寮と言つても皆それ〴〵の主人の好みで、いろ〳〵の家があつた事と思ひますから、別に不思議はありませんが、実に広大なものでありました。譬へて申せば大きな質屋の勝手口とでも申しませうか、割合に小さな格子戸のくゞりをあけて入りますと右側は板塀、左側は黒い土蔵が並んで、狭い道は敷石でありました。入口は四枚並んだ格子戸で、その前の狭い所に大きな八重桜が咲きこぼれる様に咲いて実に綺麗だと思ひました。

その格子戸の、くゞりをあけて入りますと、広い土間で、その広い暗い土間の奥が、半ば玄関、半ば台所で、つまり入口をあけると、玄関と台所が一所に見えます、これはその当時の長屋によくありました。入口の腰障子をあけると、三尺が上り口、三尺が台所の流しといふ建方と、大きさこそ違ひますが、型は一つでありました。その台所も広いもので二十畳位敷けさうな板の間で、そのはづれ人口に近く、背を見せて、大きな光り輝く大釜や鍋が五ツ程並んだ大かまどがありました。玄関は式台なしの畳廊下で、正面は壁、左へ行つて右に廻れば、五間か六間程の立派な座敷が並んで、くるりと廻つて茶の間から台所の板の前へ出る様になつてをり、台所は真黒になつた横桟の板戸の戸棚が塀の様に高く並んでをりました。

又左へ廻ればこれも幾間かの小間があつて、縁側伝ひに離れ、又蔵座敷があり茶室もありました。

此蔵座敷の窓から、入口の八重桜が、黒塀を後にしてよく見え、それは綺麗でありました。そして此蔵座敷の二階の窓からは、浅草の観音堂、五重塔も、隅田川も吉原も屋根の合間〳〵から見えました。此二階は本箱が並んでをり、是も楽しみの一つで、國華などといふ美術書も此所で初めて見たのであります。

庭も亦、たいしたものでした。広さは何百坪か知りませんが、兎に角大きな池があり、舟を浮べてあり、いつでも乗れる様になつてをりました。夏は池一面見事な蓮で、或時も帰りに十本程切つて土産に貰ひました時など、其時は日本橋の檜物町に居りましたので、持つて帰る途中、六尺近くもある蓮をかついで歩きますのに閉口した事も覚えてをります。池には鶴と、鴛鴦《おしどり》が放してあり、雪の中を鴛鴦が飛びますのが実に見事だと思ひました。此池のある桜の咲いてゐる大きな家に、小さな長屋がよりかゝる様に立並んだ所は、不思議な気持が致しました。思ふに、元、田圃の中の寮一軒でありましたのが、後に追々と長屋を建てたものと思はれます。此長屋の持主も、寮の主人でありましたが、大震災の時に皆ことゞく焼けました。

下町の庭のない狭いたてこんだ家の町に住む人は、山の手の庭の広い住居の人とは、花に対する好みが、余程違ふ様に思はれます。桜にしましても上野、向島、浅草、沢山にありながら、一枝の桜を、瓶にさして飾つた景色をよく見ました。

或時私は一寸した用事を言ひ付られまして、別懇な、町内の頭の所へ使に参りました。其家は、平屋の長屋で、右隣は染物屋、左隣は何処かの帳場へ勤める人が住まつて居ました。前の狭い空地に井戸があります。私は門口から、何度も声をかけましたが、返事がありませんので、入口の腰障子を開けましたところ、たゞの一間しかない家ですから、眼の前に、その家の十六七の姉娘と、十四五の妹娘が、貧乏徳利に、枝もたわゝに咲ききつた桜の枝をさして、畳のまん中に置き、戯れに匂ひでもかいで居たのでせう、二人共、花の中へ顔を埋めて居ましたが、驚いて、こちらを向きました。私も驚きましたが、美しいと思ひました。その後、その人々は如何《どう》して居ませうか、姉は元《もと》ちやん、妹をのぶちやんと云つて、二人揃つて、親御が大自慢の器量よしでありました。

又縁日の鉢植なども、先づ一軒残らずと云つてよい位にどんな家にもあります。窓の上、縁側、軒先に花は中々多いのであります。これも花の名はあとで聞きましたが、細い霧の様な葉の中に、真紅な、小さな五弁の花が実に可愛いよい花でありますが、吉原の午の日の縁日によく見かけたものであります。名は縷紅草といふさうであります。

龍泉寺町又入谷辺には、又、道の角や長屋と長屋の間などに、小さな、石の地蔵様や、荒神様《くわうじん》がありまして、小さい堂を建て、赤い頭巾をお着せ申してあり、其堂の脇など、人の気のつかぬ所に、春の草など伸びてをるのを見かけたり、又誰が上げたか、供へた花に蝶がもつれてゐる事もあります。私は門並ならんだ古着屋の店先に、色々な女物、男物、又場所柄とて刺子など、ずらりとつるした正面の溝の縁に、小さな石の地蔵様がこちらを向いて立つて居られるのを見て妙な気持になつた事がありました。

又賑やかさうで妙に寂しく思ひますのは木遣でありました。近来は見かけませんが、元はよく道であひました。春の静かに晴れた日などの建前に、普請場から、木遣をやりながら、棟梁の家へ帰るのを見ますと、極めて勢のよいものでありながら何となく寂しいものでありました。其時は下町の雑音もそれなりに一つのまとまつた音となつて、人々を妙な心持に致します。

千束《せんぞく》神社の神楽の音、町々を段々遠ざかり行く角兵衛獅子の太鼓の音も、心なしか、外の土地で聞くのと少し違ふ様に思はれてなりません。

屋根は低く、家は小さく、町の物音は石臼の様にまとまつて、そしてかすかに空へ消え、貸座敷の高調子は、つゝぬけに空に響いて蝶が遥に虚空を飛ぶのを見まして気が遠くなつた事もあります。私は同じ土地でも、日本堤の東と西とは余程気持が違ふ様に思ふのであります。

観音堂

神や仏に縁の遠い近いはありますまいが、浅草寺《せんさうじ》の観世音《くわんぜおん》ほど世間の人に親まれる仏様は少いと思ひます。私は幼少の時、まだ汽車のない時分に、祖父に連れられて、川越から夜船で、花川戸へ上つて、浅草寺へ御詣りをしましたのを記憶の初めとして、雨ふりにも雪ふりにも、月夜にも、夜更けにも、何百度となく、参つて居りますが、此頃、初夏のよく〳〵晴れた日に、仁王門を入つて、薄群青色の空にそばたつ観音堂を仰いだ気持は今更ながら何とも申せませんでした。都会の音とでも申しますか、極々遠い雷の様な音が御堂をめぐつて、堂の中の御経や称名や鳩のたつ音や一切の音に足音まで雑《まじ》つて、香のかほりと共に虚空に消えるのであります。此様な時に私は意味はよく解りませんが、有頂天といふことを思ひ出されるのであります。はるかに大棟にとまつた鳩の動くのも瓦が動いたかと思はれました。

実相非荘厳金磬装成安楽刹

「中央公論」第54年第6号（昭和14年6月1日）

真身絶表象雲霞昼出補陀山

向拝の柱にかけた大きな聯の文字も、何時とはなしに暗記して仕舞ひましたが、意義は知らずこの景色と同じ心持が致します。私は本尊は元より堂内の一切の仏も、参詣の人も皆籠めて、御堂も大空も一緒に拝む様な心持がしたのであります。

扨《さて》堂に登りまして、御本尊脇段を拝して、そして堂内の向て左の小さな堂の並んだ、大黒天、毘沙門天、帝釈天、右側に廻つて、伝教大師、びんづる尊者、文殊菩薩、地蔵菩薩、三宝荒神、を巡拝してあるきました。

その一番奥の暗い所に、屋根も柱も腰板もことごとく黒塗の、入母屋造の御堂がありました。此堂は、びんづる尊者の堂を隣りにして、日本橋と書いた大提灯を横に、柱もかくれるばかりの供花に埋り、軒に紫の小幕、鈴の紐は白と紫のなひまぜ、そして小さな五色の折鶴を沢山下げてありました。御仏は真に暗いのと、前の金網に無数のおみくじを結びつけてありますので拝めません。

不図《ふと》見ますと、其下の黒の腰板の前に、黒い羽織を着た襟の白い島田の女がたゝんだ様になつて拝んでをりました。やゝしばらくして立つたのを見ますと、ちかづきではありませんが、一ケ月程前に、銀座の資生堂で隣の卓に居た人でありました。それは近来珍らしくも香蝶楼《かうてふろう》時代の国貞の画いた女に

生写しの顔で、それで能く覚へて居るのでありました。私は国貞の画では五渡亭時代を最も好みますが、香蝶楼時代に或型に入つた国貞の女の顔に、あの型が出来た女の顔に何か仔細がある様に思はれるのであります。そして此香蝶楼の顔に似た参詣の女が、是は又妙なことに、写真で見る映画女優のメリー・ピックフォードに誠によく似て居るのであります。国貞の女とメリー・ピックフォードの心持に通ふところのありますのが誠に面白く思はれます。

女の帰りましたあとで、折鶴をかゝげて蔭の額を覗きましたら虚空蔵菩薩とありました。

見立寒山拾得《みたてかんざんじつとく》

「オール讀物」第4巻第8号（昭和9年8月1日）

松山の中の小道を歩いて居りますと山百合の香がむせる様であります。山の裏はすぐに海で、あたりがあまり静な為でありませう、波の音が段々近くなりまして、松の葉の間からしぶきがかゝりそうに思はれます。

波の音が遠くなると虫の羽音が聞える、足下の草の中から黒い見事な蝶が舞ひたつ、蜆貝《しゞみがひ》の様な小い蝶は幾組ともなく草叢《くさむら》の中に遊んで居《を》ります。何処からともなく大きな蜂が真一文字に飛んで来る、この蜂を見ますと三月堂の執金剛神《しつこんがうじん》を思ひ出して奈良へ詣り度《た》くなる。思ひ切つて胴の締つた、眼に黒耀石《こくえうせき》の入つた金と赤の多い鎧をつけた御姿を実によく蜂に似て居られます。

此処《ここ》は大方何ケ谷とかいふ名がありませう。薬研《やげん》の様な谷になつて四方から松がかぶさつて居る。その底に草葺《くさぶき》屋根の元は庄屋さんの屋敷をそのまゝ別荘に直したといふ様な家が一軒ある。庭には植

木はなくて竹が沢山に植ゑてあります。植ゑたといふより竹藪を庭にしたのでありませう。家の周囲の崖にはそれは美しい山百合が一面に蒔《ま》いた様に咲いて、丁度萌黄地に白く絣《かすり》を織り出した様であります。日は山の影へ入りましたので、それ程の時刻でもないのに谷合は夕暮の景色になりました。ふと気がつきますと竹の葉の間から水浅黄色に煙が立つてゐる。いつの間にか若い令嬢が二人庭へ蚊《か》遣《や》りを持出して、大分離れて居りますから柄はわかりませんが、薄い空色の着物の一人は何か本を見て居り、薄緑色の着物をきた一人は頻《しき》りに何か探して拾つて居りますのが誠に美しいと思ひました。

折柄一渡り波の音が高く聞えて又静になりますと、海の方から松の葉越に風が吹いて来て竹の葉を渡つて裏の崖の松の中へ入つて静かになりました。

其時竹の古い葉が落ちて火に入つたのでありませうか、又は風が当つた為でせうか、ちらりと火が燃えて、煙が一際濃くなつて竹の葉の間から松葉をこして消えました。

一人の娘は燃える火を、一人の娘は空へ消へる薄煙をぢつと見詰めて居りました。

花火——夏の粧ひ

近年中止になつてをります両国の大花火は、享保頃から始まつたさうであります。真黒な大空を五彩に色どつて、夢の様に消えて行きます大花火は、江戸末期の人の気持によく〱合つたものと見えまして、この花火を画《ゑが》いた浮世絵は数多く残つて居《を》ります。始めは舟を浮べて小さな花火を打揚げてゐる絵でありますが、段々大仕掛になりまして、享保頃から以後の絵に画かれて居ります川開きは、非常に豪勢なものとなつて居ります。

私もこの花火は大好きでありまして、子供の時から楽しみにして参りましたが、屋根舟やお茶屋の座敷からの花火見物も元より結構でありますが、私は伝馬町や横山町辺の問屋の土蔵の間から見たり、又両国の向ふ回向院《ゑかうゐん》あたりの、小さな長屋の路次の屋根と屋根との間から、思ひがけなく綺麗な花火が見えますのを、最も面白く思ひました。

しかし花火の打揚が終つての帰りは、何に譬へやうもなく佗しく淋しい思ひのするものであります。

「オール讀物」第10巻第8号（昭和15年8月1日）

「サンデー毎日」第16年第33号／夏季特別号（昭和12年7月1日）

夏草

なつくさや　つはものどもが　ゆめのあと

先年平泉へ遊んだ時の記憶を画いてみました。村娘が草の中の居眠りは見立芭蕉翁とでも言ひたいところでありますが、実は娘も石仏もかへつて夏草と言ひ度《た》い程でありました。

奈良

――盛夏より新秋へ

「婦人之友」第27巻第9号（昭和8年9月1日）

私の一番の楽しみは奈良へ行く事です。近来身も心も少し弛《ゆる》みましたから此夏は奈良へ参つて古寺巡礼を致し度いと思つて居ります。

こうして居ても様々の事を思ひ出す。烈日の下を一筋道の三條通をあへぎ〳〵漸く唐招提寺《たうせうだいじ》へ辿りつき本尊を拝んで前の石段で二時間も寝むつた時の夢、又或時は夏の法隆寺雲の峰が立つて、天は黄に地は赤く遠く雷が鳴り、地上はそよとの風もないのに高く風が渡ると見へて、五重塔の風鐸《ふうたく》が幽に古磬《こけい》の様な音をたてる。夢殿の観世音、中宮寺の本尊などを拝むと暑さなどは忘れます。帰つてからも暫く行儀がよくなるのも不思議です。往来の人の顔も何となく親しい人の様に見へる。

鈍才教ふ可し祖才教ふ可らずと言ひますが、自分ながら祖才とは思ふに忍びませんから鈍才として少々でもよい仕事を致し度いと思つて居る次第ですが、時として忘れる訳でもありませんが鈍才に馴れる事があります。其様な時には夢殿へ詣りますと一遍に気が引締まるやうな気がします。こう申しますと何か勉強でもしに行く様ですが実は景色のよい所へ行くよりも涼しい所へ行くよりもこれが最も楽しみなのであります。

四五日前から庭の樹に玉虫が集つて燦々たる羽を輝して飛び廻つて居ります。玉虫厨子も思出されて早く行き度いものと思ひます。

（東京にて）

大和 法隆寺の夢殿

「資生堂月報」創刊号（大正13年11月3日）

関西本線湊町行の汽車が奈良を発して間もなく、右手に見えるは薬師寺三重塔です、次で法輪寺、法起寺の三重塔を迎へ大和小泉を超せば、同じく右手松山の麓《ふもと》に堂塔《どうたう》伽藍《がらん》の巍然《ぎぜん》として聳《そび》え梵唄《ぼんばい》の漂ふ如きが見えます、これぞ大和国生駒郡法隆寺村の名高い法隆寺であります。

寺は東院西院に分れて居ますが世界最古の木造建築として又其形式の完美と堂内安置の霊仏宝器を以て有名な金堂、塔、中門等は西院に属します。

東院は一に上宮王院と称し、聖徳太子の斑鳩宮《いかるがのみや》の旧趾で、太子薨去《こうきよ》の後、王子山背大兄王《やましろのおほえわう》が住はせ給ひましたが、蘇我入鹿の乱に焼亡し、荒草いたづらに残礎を埋めて繁るばかりでしたのを、天平十一年、時の高僧行信僧都《そうづ》、霊跡の荒敗を嘆ひて聖武天皇に奏上し、遂に詔《みことのり》を奉して宮趾に伽藍を建立しました。これが現今の東院で、夢殿はその中心です。伽藍は南面して周囲に歩廊《ほらう》を廻らし、南に礼堂、北に舎利殿絵殿等が連なつて一廓《くわく》をなし、中央の広庭に夢殿があります。こゝに到つて拝すれば、身は寺院の境内にありながら、恰《あたか》も往古《わうこ》の宮殿内にある如く、太子の神霊永《とこし》へに鎮まり給ふかと、崇敬の念、随喜の情が起つて、誠に神秘の境です。舎利殿絵殿の北に伝法堂があります、是れは東院の講堂で、橘夫人の旧宅を移したものだといひます、傍《かたはら》に鐘楼《しょうろう》があり、北に北室院あり、外廓高き土塀を以て之を囲み、南に南大門、西に正門があります、南大門は正門ですが、常に閉鎖してありますので不明門と称《とな》えます。

夢殿は前にも記した通り天平十一年行信僧都創建のもので、度々の修繕は経て居ますが、一千百余年の建築厳然として昔の儘です。堂は八角円堂で、高欄をつけた二重の八角石壇上に立ち、屋上に宝珠露盤《ろばん》を頂き、八隅に風鐸を釣つて居ます。全体の形状実に雄麗で、柱、組物、扉等の丹色青鎖白壁に映り前庭に蹲踞《うづくま》れば日の傾くのを忘れしめる程です。堂内に入れば更に八角の石壇があり、壇上中央に大厨子《だいづし》を安置してあります。東北の隅に行信僧都の乾漆座像、西北隅に道詮和尚の塑造《そざう》座像を置き外に聖徳太子像阿弥陀像等があります。此処は実に聖徳太子三昧入定の霊跡で、夢殿の名も亦之に因《よつ》て起るといひます。先年文部省美術展覧会に異彩を放つた安田靫彦《ゆきひこ》氏作「夢殿」も此堂内に於ける太子の夢中感得の意でありませう。

中央の厨子こそは、古来、太子等身の御像として尊崇せられた本尊救世観世音菩薩を安置します。此菩薩を崇敬のあまり、中古秘仏となり、絶えて拝したものがなかつたのを、明治の御代に至つて、また、大悲の御姿を拝することを得るやうになりました。扉を開けば、前立聖観世音菩薩があります。藤原時代の作で、立像長四尺八寸の木彫着色です。後に金欄の帳《とばり》があつて、中に本尊を拝します、木彫立像金箔押御長六尺五寸、推古時代の特色である雄麗なる透彫《すかしぼり》唐草の宝冠を頂き、両手に玉を持つて蓮座の上に立たれて居ます。後背も木彫で火焔、唐草、蓮、宝塔などの彫刻がしてあります。

仰ぎ拝すれば、威容端厳にして憂に和して笑を含み神彩の人に逼《せま》るは、生身の菩薩に在《おはし》ます為でありませう。御顔の面長なる、眼の椎の実の形したる、口唇《くちびる》の上方に反りたる、髪の蕨形《わらびがた》なる、仏体の遍平、衣紋《えもん》の左右均整にして、彫法の生硬なる、いづれも推古朝彫刻様式の特色ならざるはありません。而《しか》して此御像《みざう》の最も特異なるは其神秘的な笑顔にあります。此秘仏も近来毎春四月十一日から五月十五日まで秋は十月廿二日から十一月廿日まで寺務所に願つて特別の拝観が出来るやうになつたのであります。

西門を出て、南へ廻れば不明門の前に出ます、門前の旅館大黒屋の階上に宿れば、恰《あたか》も夢殿に相対し、左方に東院伽藍が見えます。此辺斑鳩の里といひ、富小川今も流れて居ます。東院の東は土塀を境として、直ぐに田畑ですから、春は菜の花が咲き乱れ、手足も染まるかと思はるゝに、蝶の黄色なると白きと、夢殿の屋根から高く舞ひ昇るなど、此世の眺めとは思えぬ程です。高浜虚子氏に小説「斑鳩物語」の著がありますが、情景誠に絵のやうです。秋は気澄みて空青く、路ばたに龍胆《りんだう》など咲いて蟋蟀《きりぎりす》の声が聞こえます。伝へ聞くに、出羽国湯殿山に詣でた者は、家にあつても常に山を忘れず、それが為めにこれを恋の山といふさうですが、夢殿も亦恋の宮とでもいひませうか。

古寺巡り

「モダン日本」８巻１号（昭和12年１月１日）

小春日和の古寺巡りは、私にとつて唯一の楽しみであります。此程法隆寺へ参り十年目で夢殿の観世音の御開帳に参り合せ仕合せを致しました。此御仏は人も知る何百年といふ長い間秘仏として誰も拝んだ事がなく御姿の様子も全く分らなくなつて居りましたが、明治になつて岡倉天心先生が初めて開いて驚嘆せられたといふ事であります。微笑して居られるその御顔など絶言語といふばかりであります。一度拝んで参りますと暫く人間が変ります。其日は実に珍しいよい日和でした。寺の後は荒れた草原で名も知れぬ秋草が乱れ、とぎれ〳〵に虫が鳴いて居ます。すわりこんで、今朝から拝んで歩いた御仏の上を思ひ虫の音を聞いてゐると、現在が今の事か昔の事か分らなくなる。岡倉天心先生の作にかういふのがあります。

夢の世の中、世の夢の中、泣て笑てわらうて泣いて、残る涙が命の露よ、何を便りに松虫の、沈々沈地露淋、沈々地沈地露淋、沈々淋々沈ちろりん、月なき秋のやるせなや

又、

桜木を砕きて見ればば花はなし、あると見しよの三芳野や、霞を結ぶ雲の帯、とけて流れて行末は、
妹山脊山繞《めぐ》るかや、三世同聴一楼鐘、花間に恨を君なくは

三世同聴一楼鐘の句が頻りに思ひ出されました。

五、雑

私の世界

松岡映丘《えいきゆう》先生の御指名で国画院に加入し、今度の第一回展へ出品もしたが現代の美術界と云ふものを私は殆んど知らない。又噂のやうな厄介な世界ならば強ひて其処へ入りたいとも思はない。第一展覧会に私が出品したのは今度が全く始めてだ。元来が私は人に頭を下げて頼み込むやうな事の出来ない男だし、又私は自分の意志で何になりたいと考へてそれが実行された事がない。いつも他動的でいつの間にかかうなつてゐるやうなわけである。

私は荒木寛畝《かんぽ》先生に暫時の間だが、美術学校に入る前に師事した事がある。美術学校に入つてから縁が遠くなつて了つたが、それでも寛畝先生御在世中は時々お伺ひしてゐた。学校の受持の先生は下村観山先生だ。だが先生は滅多に学校には来られなかつた。又美術院の五浦落の直前だつたので、学校の事なんかかかまつてゐられなかつたのかも知れない。その点私の学校生活は随分損であつた。そのために私のクラスからは殆んど美術界に頭を擡《もた》げた者はゐない。故人になつた坂内青嵐君がその方面

「美術街」第4巻第3号（昭和12年6月1日）

の出世頭なのだから他は知るべしだ。私より一年前の人は結城素明《ゆうきそめい》先生の受持で其処には小泉勝雨氏等がゐたし、私より一年下の組は小堀鞆音《ともと》先生と松岡映丘先生の受持で其処には蔦谷龍岬《つたやりゆうこう》氏のやうな秀才がゐた。クラスがそんなわけだつたものだから、私はたうとう帝展には一回も搬入しなかつた。

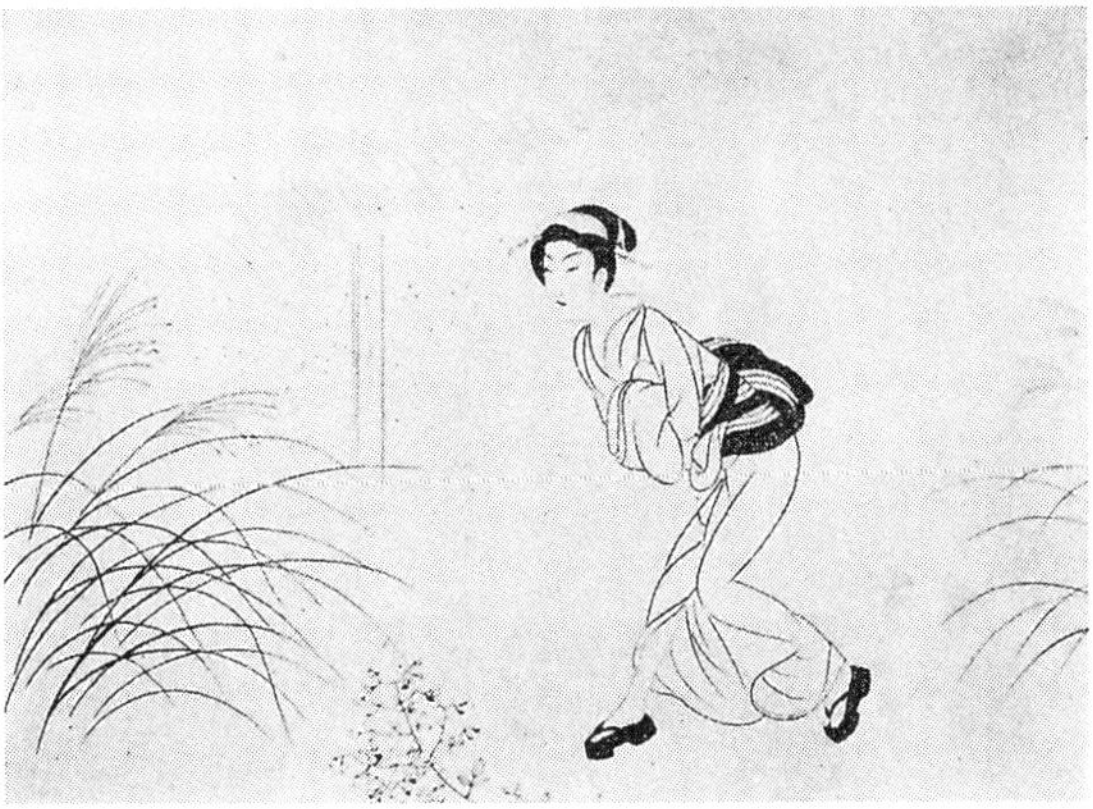

「おせん」（国画院）

さう云ふわけで私は美術界では松岡映丘先生の他は殆んど知らない。仕事が仕事だから芝居関係の方面に知人が多い。松岡映丘先生とは先刻云つたやうに美校在学時代には直接関係はなかつたのだが、クラスの人達が研究科に残つたのが大分あつたので、卒業後学校に時々遊びに行つてゐるうちに先生の知遇を得るやうになつた。それから以後は種々な事で松岡先生の御厄介になつてゐる。国画院に入れて頂いたのも実は恐縮してゐる次第で、この展覧会にはずつと作品を出させて頂きたいと思つてゐる。今度ももつと大馬力を出して出品しなくてはならなかつたのだが、思ふやうに暇間がとれなくてその点遺憾に思つてゐる。

長谷雄草紙礼賛《はせおざうしらいさん》

「報知新聞」（昭和9年5月）

この度の国宝重要美術品絵画展覧会を見られたのはうれしい事の極みでありました。はじめて拝見する絵は沢山あり、また二十年前、十年前にあるひは寺院あるひは秘蔵の御宅で拝見したまゝ、この度久々の拝観のものも数多く、誠に千年伝世の尊さは何にたとへやうもありません。そしてつく〴〵と感じました事は、概して幾年目かで拝見した神品が非常に奇麗で美しく新しいのに驚きました。私の記憶の方が古色がひどいのであります。今まのあたり見ますと、古色蒼然とした奥から神彩の赫々として迫るところ、剝落も褪色も眼に入らず、今描かれたやうに思へます。この忝《かたじけ》ない心持を何と申しませうか、私はその言葉を知らないのであります。真に生きて居る甲斐があると思ひました。

初めての拝観では入場早々かねて音に聞く細川公爵家蔵筆者不知の長谷雄草紙に吸ひ付きました。これはまた物語と相俟つて何といふ面白さでありませうか。

初の段は中納言紀長谷雄といふ世に重く用ひられ容貌も美しき人が、ある日夕暮に内にまゐらんとせられたる時、いまだ見も知らぬ人でたゞ人とおぼへぬ人が訪ねて参り、双六をうたばやといひ、そして敵おそらくは君ばかりならんと気を負つた申分、中納言怪しうは思ひながら試みる気になり、彼男の我至る所へおはしませとの言葉に従ひ、ものにも乗らず供をも具せずたゞ一人、彼男に伴なはれて外へ出るといふのであります。

絵は先づ都の夕暮、時節は晩春でせうか、夕霞の中に門が見え、その前に赤の総をつけた白馬と従者三人が居る。門の中には牛車がおいてあるのは主の出門を待つ様子ではありますまいか。その奥大きな柳の木の下の廓に中納言と彼男が対座して居るところ、中納言は実に色の白い、ふとつて眼大きく眉太く口赤く髭の黒い好男子の偉丈夫で、これがまことによくかけて居ります。冠に黒の袍帯剣といふ装ひ、一人の男は面長で髭あり、鋭い大きな眼、高い頬骨で顔色のわけて黄色いのが目だちます。立烏帽子に緑の水干、上へ白く一段とつた黒の水干袴素足に黒の履をはいてゐる。さて話はきまりました。二人連立つて表へ出ます。この二人が夕暮の道を行く景色が面白い。

先づ一面に薄浅黄に夕靄がこめた街、物を売る小店では子を背負うた女房が買物をしてゐる。店は上へ鳥や草履を釣り下げ、下には魚を並べて子供が商ひをしてゐる。側に大木が一本生えて、その蔭に車が置いてあります。その車の長く突出てゐる轅《ながえ》に猿が一疋つないである。一人のいたづら者が子供を抱へて猿の側に近づけようとする。猿は大いに怒る。子供は抱へられながら棒を持つて身構へをする。隣の家の布袋腹の男は家の者と笑ひながら見てゐる。

遠くから子供が町を飛んで来る。小直垂《こひたたれ》にわらぢの商人が荷をかついだまゝ立停まる。この夕靄の中に目立つて赤い猿の面、それをめぐる一群の人、その側を中納言と彼男は通り過ぎるのでありますが、誰も気がつく者はありません。この道行は長く続いたのでせう。日もだん〳〵黄昏て彼男の立烏帽子は何時か風折となつてゐる。

次の段は二人が夕暗の中に巍然《ぎぜん》として立つ塗白壁の朱雀門の下に立つて居ります。男は見上げてこの楼上で双六をしようといふ。詞書にのぼりぬべくもおぼへぬを男の助けにてやす〳〵と登つたとあります。夕暗こめた街々の上にそびえ立つ朱雀門楼上の双六、この景色が実に結構であります。彼男申す様、たゞの勝負にては興薄し、賭物を致さんといふ。中納言何を賭けるやと問はるれば、彼男われ負けたらばみめも姿も心ばえもたらぬところなくおはさんさまならん女を奉るといふ。中納言は我の待ちたる宝をさながら奉るべしといふ。この約束でいよ〳〵勝負が始まるのであります。下の街々では夕餉の最中でありませう。

さて双六の合戦は始まりました。戦ふ程に中納言の方が勝目とみえる。詞書に彼男負けるにしたがひさいをかみ心をくだくとあり、そのうちに赤面金眼の鬼となる。絵には衣裳は元のまゝで顔と手の真紅な鬼が必死になつて居る所が画いてあります。中納言は恐ろしと思ひましたが豪毅な人でありますから、そのまゝ勝負を続けつひに鬼の負けとなる。勝負が定まりますと元の人の形に戻り、からくも負け奉りぬるものかな、しか〴〵の日わきまへ奉るべしと申したと詞書にあります、そして元のやうに楼上からおろして呉れました。

その約束の日は来る。中納言は終日心待ちに待たれたでありませう。その夜ふけに彼男参りました、光るやうな美しいあでやかな女を連れて。詞書に中納言も珍かにおぼえてこれはやがて給はるかと問へば、さうに及ばず、但こよひより百日を過ぐして誠にうちとけ給へ、もし百日うちにおかし給ひなば必ず本意なかるべしといふ、とあります。そこで中納言がこれを誓はれると彼男は女をとゞめて立去りました。中納言は夜が明けてこの女を見ると目も心も及ばず、この世にこのやうな人もあるかと、たゞ呆然として居られたといふ。

この段の画には夜更けの中納言の邸の庭に青葉の梅らしき枝振りの面白い木があり、柳が青々と垂れてゐる。室の中に中納言は立烏帽子に白の直衣奴袴《のうしぬばかま》の姿で、前の通りの装の彼男と向合つて座る。美女は垂れた簾の際へ身を寄せ、後姿で黒髪を長く引いてまことに風情ある様子であります。装束は薄紫地に白く桜の模様の唐衣に表着に浅黄地へ白菊の模様をつけて五衣裳は白地に波、そして緋の長袴をはいてゐる。この後姿はまことに恥らひの姿であります。

そして日をふるうちに心ざまのやさしく情ある事もわかり、たゞ〳〵なつかしくなられたのであります。日数八十日ばかりになりました時、中納言あまりなつかしさに今の日数も多く積つたこと故必ず百日と限らずともといふ心が出でました。詞書には、たへがたくおぼへしたしくなりたりければすなはち水になりて流れうせにけりとあります。中納言悔いのやちたび悲しめども更に甲斐なかりけりとはまことに左様でありませう。

この段の画は矢張り深夜の心と見えます。前栽の木には熟した梅らしい実をつけて下は遣水が流てゐる。檜皮葺《ひわだぶき》の室内に、中納言は立烏帽子に青色の小袖で薄色に白紫の梅の文をつけた赤い裏の衾《ふすま》をかついで居ります。女は小袿《こうちぎ》に緋の袴で黒髪を長くうつふして腰から下の衣紋の線は水となつて潺《せん》々《せん》と細く流れ縁より地へ消える。

次は詞書に、かくて三月ばかりありて夜ふけて中納言内よりいでられける道にあやしき男きあひて車のまへのかたよりきて、君は信こそおはざさりけりといひ、気色あしくなりてたゞよりにちかづきければ、中納言心をいたして北野天神助け給へと念じ侍りける時、空に声あり、ひんなきやつかな、たしかにまかりのけとおほきに怒りて聞えける時男かきけす如くうせにけり、この男は朱雀門の鬼なりけり、女はもろ〳〵の死人のよかりしところをとりあつめて人に造りなし、百日過ぎなばまことの人になりて魂定りぬべかりけるを口惜く誓ひを忘れておかしたる故に、みなとけうせにけり、いかばかりかくやしかりけん、詞書はこれで終つて居ります。

画は深夜の大路、白丁二人松明を持つて先に立つ中納言は牛車の中で横顔を見せる。車の左側に亦鬼金の眼を輝かし、水牛の両袖をはねて赤い両手を出して近寄りつゝあります。車の次に供人が五人居りますが、それを遥かにはなれて鬼が夜気の中を赤い両手両足を出したまゝ走つて終つてゐます。

この終りの所も誠によいと思ひます。そしてこの鬼が人の姿の時の顔が、現代の人で筆をとつては鬼神のやうなある大家に俤が似てゐると思ひました。

仏像讃

「国民新聞」夕刊（昭和9年8月17日）

恐らく私くらゐ、趣味のない男もないもんだと、つくづく思ふ。ほかの人が、巧に席画をやつてのけたり、俳句をやつたり、書をやつたり、盆栽いぢりをしたり、とにかく、なにか趣味とか、余技とかを持つてゐるのに、私にはかうしたものが、なにひとつない。いそがしいせゐもあるが、これもやつぱり性格だと、あきらめてゐる。

◉

たゞひとつ、趣味らしいものと云へば、仏像が好きなことである。仏像を見て歩くことは若い時からの道楽で、今でも、京阪地方へ旅行をするやうな機会にぶつかると、必ず、仏像を眺めてたのしい気持ちになるのだ。

◉

仏像道楽と云へば、いかにも金持の道楽のやうに聞えるし、事実、仏像を集めようとすれば、相当に金がかかるので、これは、貧乏人のわれわれには一寸困る。私も、もすこし金があれば、仏像を集めるかも知れない。これが一番、身についた趣味であり、道楽であるからだ。ところが、いま集めてゐる仏像といふのは、高さ八寸の観世音像がたつたひとつである。それも有名な作ではなく、千葉県の一農夫が刻んだ木像なのである。これでは、集めてゐる、といふよりも、単に持つてゐるといつた方がふさはしい位であるが……。

◉

しかし、仏像は好きだが、だからと云つて、手当り次第に集めて手許に置きたいといふ欲望は湧いて来ない。金がないから、と云へばそれまでゝあるが、蒐集といふことになると、僕の仏像を愛する気持から、それが、遥にはなれてしまふといふことを、はつきり知つてゐるせゐでゝもある。

◉

趣味は仏像、たゞし集めるのではなくして見ること、所有してゐるのは小さい観世音の木像、とかういふ但し書きのつく僕の趣味である。

◉

芝居はお好きでせうねえ、とみんなによく聞かれる、舞台装置や背景を描いてゐるので、さう云はれるのかも知れないが、実は、仕事以外には、芝居をみたことは殆どないといつていい。だから、芝居は好きでせう、ときかれても、さうです、と答へ得る気持の用意は、さらに無いのである。

六、泉鏡花と九九九《きゅうきゅうきゅう》会

泉鏡花先生のこと

「ホーム・ライフ」第５巻第11号（昭和14年11月１日）

私が泉鏡花先生に初めてお眼にかゝつたのは、今から三十二、三年前の二十一才の時でした。丁度久保猪之吉氏が学会で九州から上京され、駿河台の宿屋に泊つてをられ、豊国の描いた日本で最初に鼻茸《はなだけ》を手術した人の肖像を、写すことを依頼されてその宿屋に毎日私が通つてゐる時に鏡花先生御夫妻が遊びに見えられてお逢ひしたのでした。

久保氏夫人よりえさんは落合直文門下の閨秀歌人として知られた方で娘時代から鏡花先生の愛読者であつた関係から親交があつたのです。

当時鏡花先生は三十五、六才ですでに文運隆々たる時代であり、たしか「白鷺」執筆中と思ひましたが、二十八、九才の美しいすゞ子夫人を伴つて御出になつた時、白面の画工に過ぎなかつた私は、この有名な芸術家にお逢ひ出来たことをどんなに感激したかわかりませんでした。その時の印象としては、色の白い、小さな、綺麗な方だといふことでした。自来今日に至るまで先生の知遇をかたじけなくする動機となつたわけです。

鏡花先生は、その私生活においては大変に人と違つたところが多かつたやうにいはれてをりますが、私などあまりに近くゐたものには、それほどとも思はれませんでした。何故ならば、先生の生活はすべて先生流の論理から割り出された、いはゆる泉流の主観に貫かれたもので、それを承るとまことに当然なことと合点されるのです。即ち人や世間に対しても、先生自身の一つの動かし難い個性といふか、何かしらの強味を持つてゐられた人で、天才肌の芸術家といふ一つの雰囲気で、凡てを覆つてをられました。その点偏狭とも見られるところもありましたが、妥協の出来ない人でした。しかしその故にこそ文壇生活四十余年の間、終始一貫いはゆる鏡花調文学で押し通すことの出来た訳でもあり、文壇の時流から超然として吾関せず焉の態度を堅持し得られたものと思はれます。

先生が生物《なまもの》を食べないといふことは有名な話ですが、これは若い時に腸を悪くされて、四、五年の間粥ばかりで過ごされたことが動機であつて、其の時の習慣と、節制、用心が生物禁断といふ厳重な戒律となり、それが神経的な厳しい嫌悪にまでなつてしまつたのだと承りました。

大体に潔癖な方ですから生物を食べなくなつてからの先生は、如何《いか》なる例外もなく良く煮た物しか召上らなかつた。刺身、酢の物などは、もつてのほかのことであり、お吸物の中に柚の一端、青物の一切が落としてあつても食べられない。大根おろしなども非常にお好きなのださうですが、生が怖くて茹でて食べるといつた風であり、果物なども煮ない限りは一切口にされませんでした。

先生の熱燗はかうした生物嫌ひの結果ですが、そのお燗の熱いのなんのつて、私共が手に持つておれないやうな熱さでは勿論駄目で、煮たぎつたやうなのをチビリ〳〵とやられました。

自分の傍《かたはら》に鉄瓶がチン〳〵とたぎつてゐないと不安で気が落着かないといふ先生の性分も、この生物恐怖症の結果かも知れません。

生物以外に形の悪いもの、性の知れないものは食べられませんでした。シヤコ、エビ、タコ等は虫か魚か分らないやうな不気味なものだといつて怖気をふるつてゐられました。ところが一度ある会で大変良い機嫌に酔はれまして、といつても先生は酒は好きですが二本くらゐですつかり酔払つてしまはれる良い酒でしたが、どう間違はれてか眼の前のタコをむしや〳〵食べてしまはれました。それを発見して私は非常に吃驚しましたが、そのことを翌日私の所へ見えられた折に話しをしましたら、先生はさすがに顔色を変へられて、「さういへば手巾にタコの疣《いぼ》がついてゐたから変だとは思つたが……」といつてられるうちに腹が痛くなつて来たと家へ帰つてしまはれた。まさか昨晩のタコが今になつて腹を痛くしたのではないのでせうが、私はとんだことをいつたものだと後悔しました。

またある時先日なくなられた岡田三郎助さんの招待で支那料理を御馳走になつたことがありました。小さな丸い揚げ物が大変に美味しく、鏡花先生も相当召し上られたのですが、後でそれが蛙と聞いて先生はびつくりし、懐中からてばなしたことのない宝丹を一袋全部、あわてゝ飲み下して「とんだことをした」と蒼くなつてをられた時のことも今に忘れません。

好んで召上られたものは、野菜、豆腐、小魚などのよく煮たものでした。

食物の潔癖に次で先生の出不精もよくいはれますが、これは一つには犬を大変怖がられたためもありました。もし噛みつかれて狂犬病になり、四ツん這ひでワン〳〵なんていふ病気にでもなつては大変だといふことからの恐怖ですが、それだけに狂犬病については医者もおよばないくらゐに良く調べて知つてゐられました。犬の怖い先生は歩いては殆ど外出されず、そのために一々車を呼んで出歩かれました。

雷と船も大変嫌がられましたが、これも神経的に冒険や危険に近づくことを警戒される結果と思はれます。

神仏に対する尊敬の念の厚かつたことは、生来からと思はれますが、神社仏閣の前では常に土下座をされて礼拝されました。私などお伴をして歩いてゐる時に、杜《やしろ》の前で突然土下座をされるので、先生を何度踏みつけようとしたか知れませんでした。宮城《きゆうじよう》前ではどんなに乱酔されてゐても昔からこの礼を忘れられたことはなく、まことにその敬虔な御様子には思はず頭が下りました。

師の尾崎紅葉先生に対しても、全く神様と同様に絶対の尊敬と服従で奉仕されたさうで、三十年来、お宅の床の間には紅葉先生の写真を飾つてお供物を欠かされませんでした。

世間では鏡花先生を大変江戸趣味の方のやうに思つてゐるやうですが、なるほど着物などは奥さんの趣味でせうか大変粋でしたが、決して「吹き流し」といつた江戸ッ児風の気象ではなく、あくまで鏡花流の我の強いところがありました。

趣味としては兎の玩具を集めてゐられて、これを聞いて方々から頂かれる物も多く、大変な数でした。

お仕事は殆ど毛筆で、机の上に香を焚かれ、時々筆の穂先に香の薫りをしみ込ませては原稿を書かれてゐたと聞きます。

さすがに文人だけに文字を大切にされたことは、想像以上で、どんなつまらぬ事柄でも文字の印刷してある物は絶対に粗末に出来ない性質で、御はしと刷つてある箸の袋でも捨てられず、奥さんが全部丁重に保存してゐられたやうで、時々は小さな物は燃やしてゐられました。誰でも良くやる指先で、こんな字ですと畳の上などに書きますと、後を手で消す真似をしておかないといかんと仰言るのです。ですから先生の色紙なども数は非常に少く、雑誌社に送つた原稿なども、校正と同時に自分の手元においてお返しにならなかつたやうに聞いてをります。

煙草は子供のころからの大好物ださうで、常に水府《すいふ》を煙管で喫してゐられました。映画なども昔はよく行かれたさうですが、煙草が吸へなくなつてからは、不自由なために行かれなくなりました。

御著書の装幀は、私も相当やらせて頂きました。最初は大正元年ごろでしたが、千章館で「日本橋」を出版される時で、私にとつては最初の装幀でした。その後春陽堂からの物は大抵やらせて頂きましたが、仲々に注文の難かしい方で、大体濃い色はお嫌ひで、茶とか鼠の色は使へませんでした。

この様に自己といふものを、常にしつかり持つた名人肌の芸術家でしたが、神経質の反面、大変愛敬のあつた方で、その暖かさが人間鏡花として掬めども尽きぬ滋味を持つてゐられたのでした。

同じ事柄でも先生の口からいはれると非常に面白く味深く聞かれ、その点は座談の大家でありました。

ともかく明治大正昭和と三代に亘つて文豪としての名声を輝かされた方ですから、すべての生活動作が凡人のわれ〳〵にはうかゞひ知れない深い思慮と論理から出た事柄で、たとひそれが先生の独断的な理窟であつても、決して出鱈目ではなかつたのでした。

あの香り高い先生の文章とともに、あくまで清澄に、強靱に生き抜かれた先生の芸術家としての一生は、まことに天才の名にそむかぬものでありました。

九《きゆう》九《きゆう》九《きゆう》会のこと

「三田文学」第15巻臨時号／水上瀧太郎追悼号（昭和15年5月15日）

昭和十五年三月二十三日午後十一時十分。水上瀧太郎氏の、引絞つた強弓の、突然折れた様な逝去は、真に悼ましい事の極みで御座いました。惜しいとも、情ないとも申様はありません。此の二十三日といふ日は、永年続きました九九九会の例会の日で、しかも、昨秋九月の二十三日には、同じ会員の岡田三郎助先生が長逝されたので御座います。さて、この九九九会がはつきり会の名をつけ、帳面を作りまして、泉鏡花先生の筆になる春鶯帖といふ出席簿が出来、場所を日本橋の藤村、日を毎月二十三日と定め、其の第一回を開きましたのが、昭和三年五月二十三日で、其の世話人が、水上瀧太郎氏でありました。其の春鶯帖には昭和三年五月二十三日、雨、世話人、阿部章蔵、次いで、泉鏡太郎、里見弴、小村雪岱、久保田万太郎、岡田三郎助、と来会順に記されてあります。会員はこのほかに鏑木清方、三宅正太郎の二先生で、なほ臨時に見えられた方々にも数氏においでで御座いました。

それで、此の会の出来ましたそも〲の元は、水上瀧太郎氏が大正五年の秋、外国から帰朝されて、親友久保田万太郎氏と御一緒に、幼少の時から一方ならぬ崇拝をしてゐられました泉鏡花先生を、下六番町の御宅へ訪ねられ、丁度其年は、虎列刺《これら》病が流行したため、三四ケ月も外出をされなかつた泉先生が、初めて御一緒に、永年御贔屓の、大根河岸の初音といふ鳥屋へ行かれましたが、時は経つても御話はます〲面白く、そこを出て又、金喜亭といふ、元の川崎銀行のそばの鳥屋へ行かれたさうで御座います。そして此の夜、此の家で、泉先生が永い間敬慕してをられた、寿々江さんといふ、それは品のよい、静かな人にあはれたのであります。此の時の様子は、泉先生からも、水上さんからも、久保田さんからも、度々伺つてをりますが、一寸貝殻追放から水上さんの文章を拝借させて頂きます。

「又お鍋がぐつ〱煮詰り、熱燗の御酒の盃の数は、愈々しげくなつたが、先生があの人とあの人と、二人名ざした芸者はなか〱来なかつた。それでは為方が無いから、その一人のうちのちひさい子を呼んでくれと、頻りに寂しがる。玄人賛美者として、並ぶ者なき泉先生の御贔屓は、どんな人だらうといふ好奇心で、自分も少なからぬ期待を持つてゐた。「湯島詣」の蝶吉、「起誓文」のお静、「婦系図」のお蔦、「白鷺」の小篠のやうな人でなければそぐはないと思ふと、幾度となく繰返して読んで、その人達は生きて世の中に居るのと同じ様に親しくなつてゐるのだから、今晩こそめぐりあへるのではないかといふ様な気もするのである。殊に、「日本橋」と真正面から看板をあげた大作は、舞台が舞台なので、清葉も、お孝も、お千世も、其処いらの路地の奥から駒下駄を鳴らして、先生のお座敷と聞いて、馳けつけて来るのではないだらうかと想像して居た。とん〳〵と梯子段を少しせき心で上つて来る気配がしたと思ふと、すうつと襖があいて、若い芸者が廊下に膝をついて行儀よく頭をさげた。

「しまつた、こいつは勘定が違つて来たぞ。」

裾を引いて座敷にはいつて来たのを見て、先生は仰山に驚いて見せた。お酌の時分から刺身のつまのやうにはべつたのが、何時の間にかいつぽんになつて居たのである。地蔵眉の福徳円満な相で、口数の少いおとなしさうなひとだつた。年格好から押して行つて、無理にもこの人をお千世にしてしまひたかつた。

間もなく、前後して二人のひとが来た。年は自分などよりも二つ三つ上らしく、一切のとりなしが一見して此の土地切つての大姐さんに違ひなかつた。一人はすぐれて背の高い、裾を引いた姿の素晴らしくいゝ人で、目にしほのある、鼻筋のいかつくなく、涼しい線を見せた上品な人だつた。

「細りした頬に靨《ゑくぼ》を見せる、笑顔の其れさへ、おつとりして品の可い、此姉さんは、綽名を令夫人といふ……十六七、二十の頃までは、同じ心で、令嬢と云つた。敢て極つた旦那が一人、おとつさんが附いて居る。その意味を諷するのでは無い。其の間のせうそくは別として、爾き風采を称へたのである。

優しいながら口を締めて――透つた鼻筋は気質に似ないと人の云ふ――若衆質の細面の眉を払つて……………」

と描かれてゐる「日本橋」の清葉に違ひ無いと思つた。

それは果してさうだつたが、もう一人を同じ作中のお孝に比べて見度い興味から、そつと先生に聞いて見たら、いゝえ違ひますといふ返事だつた。此の方は、新橋とか赤坂とかいふ官員や、軍人や、成金の跋扈してゐる土地にはゐさうもない、一口に芸者らしい芸者といふやうな型の人だつた。話上手で、陽気で、目はしはきゝながら邪気のない、これは名だゝる腕つこきに違ひないと思つた。前のは先生が十三年間変らずつきあつてゐる人で、後のはそれよりももつと古く、むかし吉原にゐた十七八の頃からの友達だと紹介して下さつた。

「その頃、此の人が登張に岡惚れしましてね――」

などゝ先生はからかつてゐた。はつきりいへば此の二人は、日本橋の名妓、寿々江とお千代である。」

私はこの「目にしほのある」云々といふ文句が、実に寿々江さんの情が出てゐると思つて、敬服して居ります。この寿々江さんが初めて藤村といふ家を水上さんと泉先生に紹介をしたのですが、この家は表に土塀をめぐらし、椎の木が繁つた、暗い古風な家でありました。水上さんも、泉先生も此の家が大変御気に入りまして、始終お出かけになつて居りましたが、大正十二年の震災で焼けまして、その後、場所は少し変りましたが、家も立派に出来上りましたので、震災前から時々開いて居りました会を、場所を此の家、会費や日をきめて、九九九会の第一回を開きましたのが、昭和三年の五月二十三日であります。それから世話人まはりもちで、昭和十四年八月まで一回も休んだことがありませんで、百三十六回になりました。その間のさま〴〵の事を想ひ出しますと、まことに胸がせまるのであります。昨年九月七日に泉鏡花先生逝去、同月二十三日に岡田三郎助先生逝去、そして、此の三月二十三日に水上瀧太郎氏の逝去とは、何といふ事でありませうか。

私は水上氏の逝去にあひ、その遺骸を拝しまして、肉の落ちられました故か一度に年をさかのぼつて、初めて泉先生にあはれた頃の、大正五年頃の秀麗な俤に拝され、真に感慨無量でありました。

泉鏡花先生と唐李長吉

岩波書店版「鏡花全集月報」第2号（昭和15年5月）

鏡花先生は非常な読書家で、中にも東海道膝栗毛などは御自分でもいろ扱ひとまで言つて居られ、夜分お寝みの時は必ず枕元に二三冊を置かれ、旅行中も小さな鞄に数冊を入れて一日も傍を離されませんでした。雨月物語や、柳田國男氏の著書なども永年の間少しも変らず愛読しておいでゝありました。私が繁々御目にかゝる様になりました頃は、丁度唐の李長吉の詩を熱心に読んで居られました時でありましたが、それは笹川臨風博士が贈られました帙入《ちついり》の唐本で、これは昨年亡られますまで床脇に置かれました。昭和三年に御自分が御書きになりました年譜の一節に

> 明治三十九年二月祖母を喪ふ。年八十七。十月、ます〳〵健康を害ひ、静養のため、逗子、田越に借家。一夏の仮すまひ、やがて四年越の長きに亘れり。殆ど、粥と、じやが薯を食するのみ。十一月「春昼」新小説に出づ。うたたねに悲しき人を見てしより夢てふものはたのみそめてき。雨は屋を漏り、梟軒に鳴き、風は欅の枝を折りて、棟の柿葺を貫き、破衾の天井を刺さむとす。

蘆の穂は霜寒き枕に散り、さゝ蟹はむれつゝ畳を走りぬ。「春昼後刻」を草せり。蝶か、夢か、殆ど恍惚の間にあり。李長吉は、其頃嗜みたるもの。明治四十年一月「婦系図」を、やまと新聞に連載す。

とありますが、此一節などは誠に先生の心持と相通ふ処がある様に私には思はれます。

その名作「春昼」の中に「蠟光高懸照紗空、花房夜搗紅守宮、象口吹香毾㲪暖、七星挂城、聞漏板、寒入罘罳殿影昏、彩鸞簾額著霜痕。えゝ、何んでも此処は、蛄《けら》が鉤闌《こうらん》の下に月に鳴く、魏の文帝に寵せられた甄《けん》夫人が後におとろへて幽閉されたと言ふので、鎖阿甄《あけんをとざす》とあつて、それから、夢入家門上沙渚、天河落処長洲路、願君光明如太陽。妾を放て、然うすれば、魚に騎し、波を撇《ひら》いて去らむ、と云ふのを微吟して、思はず、襟にはら〳〵と涙が落ちる。目を睜《みは》つて、其の水中の木材よ、いで、浮べ、鰭《ひれ》ふつて木戸に迎へよ、と睨むばかりに瞻《みつ》めたのでござるさうな。些《ち》と尋常事《ただごと》でありませんな。詩は唐詩選にでもありませうか。」とありますのを読んで、先生に御尋ねしましたところ、これは唐詩選ではなく李長吉歌詩の中にあるといふ事を初めて伺ひました。私はそれまで李長吉といふ人の名を知りませんでした。

先生が李長吉を好まれましたことは非常なもので、いろ〳〵様々の御話を承りましたが、随分不可思議に思はれる詩も皆李長吉本来の性情から出で其間に一塵の雑り物もないのを好むといふ事を度々話されました。

水上瀧太郎氏の思出

「中央公論」第55年第5号（昭和15年5月1日）

水上瀧太郎氏の張りづめにした強弓の弦が突然音をたてゝ断れたやうな長逝は真に悼ましいとも惜しいとも申様がありません。私は水上氏が永年の間苦心された小説随筆の文学上の位置を知りません。又並々ならぬ努力を続けられました実業界の功績を語る資格をもちません。さりながら私は人として水上氏程立派な、神様とも仏様とも思へる様な人を知りませぬ。私は水上氏が文学に関係されませんでも実業界を引退されても、山林に籠られましても、あの様な人の居られるといふ事が今の世の中に誠に必要であつたと思ひます。返すぐ〳〵も惜しい事を致しました。

私が最初に水上瀧太郎氏の名を記憶致しましたのは大正五年であつたと思ひますが、洋行から帰朝された時眉目清秀な写真が入つて新聞にその記事が出ました時であります。其写真が実に立派で、清らかでありますので一度其顔を見たい様に思ひましたが、思ひがけなく間もなくお近づきになる事が出来ましたのは、それは泉鏡花先生のお陰で御座いました。水上氏は幼少の時から鏡花先生の非常な愛読者で、小説は元より随筆小品帖と全部をあらゆる方法で集めて居られまして、洋行中は久保田万太郎氏が引受けて集めては送つて居られたさうであります。私は後に明治三十六年に、国民新聞に出ました風流線や、明治四十年にやまと新聞に出ました婦系図が単行本となつて出版されました時との相違を暗記して話されるのを聞きまして、驚嘆した事が御座いました。兎に角、私は水上氏程鏡花先生の著作を読み且所持して居られた方を知りませぬ。そして大正五年の十一月に初めて久保田万太郎氏に連れられて下六番町の泉先生の御宅を訪ねられ、そして御一緒に日本橋の金喜亭といふ鳥屋で快よく一夜を過され、又其時初めて泉先生の小説日本橋の清葉といはれる名妓寿々江さんにあはれたのであります。此寿々江さんが後に水上さんに紹介しましたのが、当時表に土塀を囲らし椎の木の繁つた震災前の藤村といふ家で、これが泉先生にも水上さんにも非常に気に入り終始お出かけになりました。これは昭和三年の五月から昭和十四年の十一月まで一月も休みました事のない九九九会といふ会を開いた家で御座います。

私も泉先生の小説は非常に尊敬して愛読して居りましたが、三十年以前はからず御目にかゝる事が出来、御宅へも常に伺つて居りました為に、間もなく水上氏にも御目にかゝることが出来、忽ちに御別懇になりまして今日に至りましたわけであります。此水上さんの泉先生への尊敬と思慕と、泉先生の水上さんへの信頼とは世にも珍しい程でありまして、始終の事でありますから取りたてゝ申す訳にも参りませんが、それは美しい御つきあひでありました。丁度其頃は泉先生も永年の物質上の御苦労が幾分減じかけた時ではありましたが、それでも水上さんが明治生命へ勤めて月給百円と聞かれて、百円の定収があるのを驚いて居られた様な訳でありました。この様な事もありました。

　前申しました藤村家へ御一緒に参りました時に、丁度泉先生が鴛鴦帳といふ小説に御かゝりの時で、その時の先生の苦心といふものは御様子を見ましても胸がつまる程で御座いました。此様子を見られた水上氏は先生に内証で、私に明日早速出版所へ行つて先生の前借を返して先生の気を楽にして上げて下さいと言はれました。此事は先生も序文に御書きになりましたから一寸拝借させて頂きます。大正七年の事でありました。

「　序

一寸内端話をいたします。此の新編一冊を書肆《ほんや》さんに約束したのは、昨年の九月の事で、年一杯と云ふと身売じみますが、然うではありません。年内に書上げて、春の初売に間に合はせ、沢山儲けさしてあげるよ、と云ふ手練を以て、例の苦しがりが、其の月の算段に前借《まへがり》を申込みますと、早速承知をしたのでございますが、馴染のない書肆さん、とは言ふものゝ何《ど》うだらう、と半分、当にしないでは、居られないのに、居ました処、其の九月二十九日、三十日は御存じの大暴風雨《おほあらし》でございました、前日も可恐《おそろし》い大降で、車軸を流す雨の中を、羽織袴で止善堂《はんもと》の真四角だが憎くない主人がみえて、約束通り耳を揃へて……羨しがるに及びません、いや、もう聊少《いさゝか》な儀で、しかし私《わたくし》に取つては……大金を渡しました。大雨の中と言ひ車でお運びはお気の毒だと申しますと、贅沢なやうですが、濡れた膝でお畳を湿らしてはお気味が悪からうと存じて一台驕つて駆つけましたと云ふ挨拶。これぢやあ期日が間違へられますまい。処で、腹案は七八年前から、世帯《しよたい》持の懐中《ふところ》にも此ばかりは暖めてあつたのでございますから、早速折りめのつかない処を取かゝらうといたしますと、私どもには書きだし、皆様にはよみはじめ、と云ふ処がなか〳〵楽にまゐりません。一体は江月園の主婦《あるじ》照吉のお新が、柴又あたりの川魚料理か何かで、三個《みつつ》の色魔が、突羽根の娘を鬮取《くじどり》にする処を、それとなく小耳に挟むのを「第一回」にしやうと云ふ考へでございましたけれども、一を上げても三を下げても何うしても隅田川の流に調子があひません。まだ一枚もかけないで十月の九日に成つたのです。此の日は、私の父の命日ですから、何でも一行でもと思ひましたが、目を据ゑたばかりでそれも出来ないで、十二日の夜は丁ど三番町の二七の不動様の縁日。くるしい時の神だのみ、ふと思ひついて、江月園の寮番が、那謨三満多を唱へながら、月の夜ふけに綾瀬へ出掛ける処からかきはじめたのでございます。六七回、次の「小搔巻」へかはつて、法学士板倉光年をはじめて御目にかけやうとする処で、又つかへて、一寸も前へ出ないのでございます。

月日の方が勝手次第に駈足で飛びますから、忽ち月末と成る、此の瀬戸を凌ぐのに、又前借《まへがり》を申込むと、快く持参に及んでくれたのが、大の月ゆゑ勘定前の三十日《みそか》の夜。今度はお天気は好うございました。大分御進行で、勿論、と戦場往来の兵《つはもの》なれば、矢玉の中に悠然と、脂下《やにさが》つて答へたが、三百枚は要らうと云ふのを、まだ三十枚満ちません。書肆さんが帰つたあとで、（お堅い方ですね、お金子《かね》の包を手首に結へておいでゝしたよ。）と家内のやつが威かします。あゝ扨《さて》は先方でも余り楽な金子ではあるまい、さあ恁《か》うしては居られないと気がせくと尚ほ不可《いけな》い、苛つてあせつて、果は弱つて、頭から夜具を被つて寝て居る処は、酒さへ飲まねば病人でございます。えゝ、前借だにあらずんば、其の病気と言つても断つて書かずに済む、が然ういかないで、義理に成つて、此の前借に苦む処は、篇中の苦界の姐さんたちと、余り相違はございません。漸《やつ》と筆が運びました。「蠟燭」あたりまで一気に進んで、此間に雪岱さんに表と裏の見返しを誂へました。自分で申すも如何なれど、止善堂《はんもと》も店の看板にと云ふ大奮発、近来の美本に仕立てやうと云ふ意気込の処へ、雪岱さんが私と違つて、色ばかり、まだ欲を知らない人ですから、手間を構はぬ骨折最中、また月末になつたでせう。

十一月、即ち前借《まへがり》、おなじことでお恥かしい、内金、先借とした処で、借込んだのに違ひはない。新年の間に合ひませうか。もう半《なかば》以上出来て居ます。あとは徹夜で、十日前は、と今度は其気で請合つた時が、漸く「水神伯」と云ふ処だつたのでございます。なか〳〵何うして、あと十日や一週間で遣《やり》抜けられやう筈がない。弱つたな、今度は師走で、千倉ケ沖の大晦日。書肆の顔も三度と聞けば、もはや金も貸すまいし、と云つて夜遁げも出来ないし、義理は悪いと知りながら他を稼いで店賃米代勘定せずには置かれませんので、此の駑駘は凍らぬ様に、密と炬燵《こたつ》に寝かして置いて此方は夜稼ぎ荒稼ぎ、凄まじなむと愚な中へ、無理な催促にも及ばないで、止善堂から、御歳暮に、砂糖到来は苦かつた。漸と新年おめでたう。（中略）

日本橋辺の或家で、私一人はやけ酒を飲んだ時、実際つらい、と染々言ふと、金子と力のある色男で、割前勘定の大株主芝白金のやんちやん息子、目下大阪のぼん〳〵たる水上の瀧太郎が、一座の雪岱に囁いて、泉のために前借を其の書肆へ返さうよ、明日行つて談判をして下さい、然うしたら催促されずに済むだらう、と目を光らして言つたるよし。爾時は酔つてゝ知らず、後で聞いて泣かされました。尤も私には内証で計ふ約束だつたさうですが、雪岱さんが中を取つて繕つて余り急がせない方が可からう、とお庇で此の人まで気が強かつた。それは成程、いざと成れば、金子を返してあやまれば済む次第ですが、ここに住まぬのは作者へ貸したばかりでない、書肆さんの仕込の方は、表紙、見返し、扉をはじめ、箱張の絵に至るまで、版木《はんぎ》代、摺《すり》代、紙代と、もう積んで出来上つた此の仕込が些《ちと》や少々《そつと》の格《たか》ではないので、私だけ返すから、それで可いでは納まりません、といつた処であせるばかりで、仕事は一向捗取らず。実は正月七草の晩は「第三十回」を半（敦方へ）とまで書いて、其ツ切、人の情に奮起して、二月二十日に（夜露にめげず）とまでゝ又続かず。二月の間に唯半枚の十行ばかり。又書けなくなつて居る処……もう恁うなると附元気の岡惚の顔なぞより、水上さんに逢ひたくなつて、三月の十日から大阪へ行つて二十日まで遊んで来ました」（後略）

これは全く実録であります。私は一例として此序文の一節をこゝに拝借しましたが、水上氏といふ方はほゞ三十年の間少しも変らず此様な方でありました。大正十五年に泉先生の全集が出ましたが、其時の水上氏の骨折は目覚しいもので、元禄屋敷とよばれました番町の水上氏の家は編集所となり、永年苦心して集められた秘蔵の単行本は元より新聞雑誌の切抜き、談話の筆記より広告文に至るまでいさゝかの物惜しみもせず提供されました。此全集は、水上さんのこの誠実がなければ非常に困難が多かつた事と思ひます。

昭和三年五月二十三日に水上さんが第一回の世話人で九九九会といふ会が出来ました。場所は前に申しました日本橋の藤村、日は毎月二十三日、出席の方々は、泉鏡花、水上瀧太郎、久保田万太郎、三宅正太郎、鏑木清方、岡田三郎助、里見弴の先生方に私でありました。なほ時々臨時に出席された方もありました。此会は昭和三年から昨年まで十数年間、百三十六回、一回も休みなく続きまして、其間にはさまぐ〵の思出も御座いますが、水上さんの懶態を一度も見たことはありませんでした。此会も昨十四年九月七日に、泉鏡花先生逝去同二十三日に岡田三郎助先生逝去、この三月二十三日に水上瀧太郎氏の急逝にあひまして一度に淋しいことになりました。水上さんは初めて御目にかゝつた時分より少し肥満されて居ましたが、逝去の直後肉が落ちられた故か、永年の重荷を降して神にも仏にも自分にも少しも悔を残さぬ生涯を送られました故かその御顔は神々しい迄に冴えぐ〳〵と青年時代の面影が見えました。

「註文帳画譜」

先年泉鏡花先生と御一緒に、鏑木清方先生の註文帳画譜を、三越で催されました、郷土会で初めて拝見致しました時は誠に嬉しう御座いました。

家へ帰つてからも如何にも忘れられませんので、一日鏑木先生の御宅へ御邪魔をしてゆつくり拝見したいと思ひ立ち、御伺ひいたしましたところ思ひがけなく拝借することが出来まして、自宅で何度となく拝見致しますうち、初めはすぐ御返し致します心得のところ段々御返しするのが何となく惜しくなりまして、気がとがめながら随分永い間御借りして拝見致しました。

自分のことに古名家を引出すのは相済まぬ訳でありますが、亦復一楽帖《またまたいちらく》の事を思出して苦笑をした事も御座いましたが、さて実行する訳には参りませんし何時まで御借りして置いても限りのない事でありますから、思ひ切つて御返しに上りました。

その註文帳画譜が此度実に仕事熱心な島氏によつて、木版の彫は大倉氏、刷は田口氏で、一々鏑木先生の御校正を経て頒けられる事になりましたのは誠に有り難い事で御座います。私の畏敬致して居ります或る大家が申されました事に、鏑木先生の画の理想は、清水の上澄の如きものとの事でありました。私も誠に至言と思ひます。そして此註文帳画譜の味は其清水の上澄へ一雫の涙を落して味はつた様な心持が致します。

句集「道芝」の会の感想

「俳諧雑誌」第2巻第8号（昭和2年8月1日）

先夜はいろ〳〵と御配慮難有御陰様にて楽しき一夜を過し申し候。何も御手伝も不仕申訳御座なく候。扨《さて》何か感想をとの御申つけに御座候へ共、様々申上度事は有之候様に存ぜられ候へ共、私性来の筆不調法にて何もまとまり申さず候に付何卒此度はおゆるし下され度、そのうち何かカット様のものにても御入用有之候節は必ず御申つけ下され度御願ひ申上候。先は御詫旁《かたがた》御礼のみ申上げ候。草々。

「山海評判記」のこと

岩波書店版「鏡花全集月報」第3号（昭和15年6月）

「山海評判記」は昭和四年七月から同年十一月へかけて、東京時事新報へ掲載されました長篇小説で、先生五十六歳の作であります。これより先き同年五月、能登国和倉温泉和歌崎館へ遊ばれ帰途金沢市上柿木畠藤屋旅館へ宿られました。この能登行は令夫人とそれから金沢市で針屋をして居られました鏡花先生の従姉に当られる、おてるさんといふお方と御一緒で、あまり旅行をされない先生としては珍らしいことでありましたが、あとになつて見ますと此時の御旅行のことが「山海評判記」の中にしばく出てまゐる様であります。

このおてるさんといふ方は先年亡くなられましたが此頃は五十歳あまりな御若いうちに嘸《さぞ》と思はれます様な美しいかたで、しかも気性の激しい方で先年も金沢市を流れる浅野川にかゝる大橋の真中でしかも雨中、鏡花先生がすれ違つても眼の色を変へられる程怖れて居られた大犬をけしかけて先生が大にあわてられるのを見て面白がつて居られる様な方で、私は先生の名作「ささ蟹」の中の「お京」

はこの方の様な気がしてなりません。此旅行から御帰りになつて間もなく「山海評判記」が時事新報の紙上に載つたのであります。

第一回から場所は能登国和倉の温泉宿でありました。私は此の小説に怪しげな挿画を画きましたので殆ど毎日の様に先生に御目にかゝりましたが、先づ紙芝居の説明に驚きました。此の紙芝居は何時頃から市中にあらはれましたか私は知りません。只今でこそ紙芝居といへば誰でも知つてをり又種々問題にもなつて居りますが、昭和四年頃の私は初耳でありました。此紙芝居を如何いたしても一度見る必要がありますので、先生と御一緒に随分方々を歩きましたが何分数の少なかつた時分でありますから探すとなりますと中々行き当りません。芝の方まで探して漸く見つけた事もありました。

此の芝には愛宕線の下あたりに先生の前から御別懇の方で女の踊の師匠をして居られる方がありまして其所へも御一緒に伺ひました。縁先の箱庭にあつた焼物の白鷺や稽古の舞台、二階にある役者絵の小屏風の事など、その外篇中所々に此御宅の情景が見える様であります。先生もこの事を気にされましたと見え、丁度其家で時事新報をとつて居られたので元来小説の内幕を人に話される事を極めて御嫌ひになつた先生は「どうも書きにくくなるから出来上つたら本を上げるからそれまで此小説を読まずにゐて貰ひ度い」と繰り返し言つておいでであリましたが、其家の方が果して読まずに居られましたか如何か私は知りませぬ。

それから先生が柳田國男先生の著書を非常に愛読して居られました事は久しい以前からの事でありましたが、此篇の中に柳田先生から御聞きになりました東北地方で篤く尊信せられるオシラ様といふ神様が小説の中へあらはれて非常な働きをなされます。

この篇の時代は昭和四年頃現在でありまして、水上瀧太郎、久保田万太郎、里見弴氏などの御名前も中に出て参ります。此小説は起稿より御脱稿迄の凡五ケ月間位、先生は外出もされず、あまり人にも遇はれず毎日必ず組込の五日前の原稿を一回宛お書きになられました。其精進はいつもの事ながら恐れ入つたものでありました。

「参宮日記」と「日本橋」のこと

岩波書店版「鏡花全集月報」第5号（昭和15年9月）

小説「参宮日記」は書きおろしの時は「二挺鼓」と題されまして大正二年八月から鰭崎英朋氏の挿画で京城日報へ連載されたものであります。尤も此小説の書きはじめ数回は「森の中」と題して明治四十四年八月博文館発行の雑誌「太陽」の十七巻の十号に掲載されましたものです。

其後京城日報へ連載されましたものをまとめて単行本一冊として春陽堂から出版されましたのが『参宮日記』であります。大正三年の事でありました。そして此小説はまだ〳〵長くなる御腹案がおありの様に伺つてをりました。此春陽堂版の『参宮日記』は名取春仙氏の表紙装幀で鰭崎英朋氏の口絵がありました。木版刷のそれは精巧なもので暇《なはて》の雨の中をお玉が鵜の按摩に駒下駄を拾はせるところでよく出来てをりました。此の本が町へ出ました大正三年正月の初売には丁度此時同時に先生の脚本で『恋女房』が日本橋檜物町の鳳鳴社から発行されました。春陽堂と鳳鳴社は所は近所でありましたので、年の内から噂を聞きまして待ちかねて度々発行所へ様子を聞きに参つたものでありました。

此『恋女房』の装幀は橋口五葉氏で口絵は矢張り木版彩色刷の鏑木清方氏作、お柳が銀杏返に結つて刺子半纏を着て鳶口を持つて吉原の火事場に立つて居るところ。名作でありました。

『日本橋』はこれは初めから書きおろしの単行本で、泉家には親類同様な間柄の法学士堀尾成章氏が経営された本郷曙町の千章館から発行されました。此小説は起稿されましてから御書上げになります迄に一年近くおかゝりであつた様に記憶してをります。装幀は先生の御言葉で私が致しました。先生は御仕事の内容を人に話されますことを極度に御嫌ひになりますために此小説も最終の頁を御書きになる迄「日本橋」といふ題名を御示しにならず永いこと暗中手さぐりの形でありましたが終りに「日本橋」といふ題名を伺つて大急ぎで表紙を書き直しました。此小説は後に様々な形で出版され又脚色もされまして度々上演されましたが、日本橋といふ土地は先生が誠にお好な処でありました。「日本橋」の篇中でも葛木晋三の口から「以来は知らず、何処へ参つても此のあたりくらゐ名所古蹟はございませんな。と云つてほろりとして、……」といつて居られます。実際日本橋檜物町数寄屋町西河岸あたりは先生に実にお馴染の深い土地でありました。又此篇中に出て来る人々の中には実際其の俤のある美人名士が大勢ありまして、永い事でありますから歿せられた方もありますが現在誠に御繁昌の方々も多いのであります。先生御用心の西河岸の地蔵様には先年花柳章太郎氏の奉納されました

「初蝶の舞ひ舞ひ拝す御堂かな」

の句を御書きになりました額が掲げられてをりまして、これから年が経ちます程いろ〳〵な事を忍ばせる事と思はれます。

教養のある金沢の樹木

「演芸画報」第27巻第9号（昭和8年9月1日）

東劇の「瀧の白糸」は真先きに見に行つて理窟なしに面白く見て来ました。泉先生と私との関係ですが、先生を知つてからは二十五六年にもなりませう。尤も先生の作品は十歳頃から読み初めて、子供心にも、何となく一種の魅力を覚えたので、それからは続いて出る作物は余さず拝読したつもりです。

始めてお目にかゝつたのは、私が絵を描くやうになつてからで、之には妙なキッカケがあるのです。私の家は日本橋檜物町にあつて、私の処に来る髪結さんが春陽堂に行く人なので、その女から、泉先生が春陽堂に見えること、随分粋な人である事などを又聞きにして、是非一度お目にかゝりたいと思つてゐました。

ところが偶々《たまたま》、今福岡の医科大学の教授をして居られる耳鼻科の久保博士と奥さんとが駿河台の宿屋に泊られ（宿屋の名は忘れました）、その久保先生から日本で始めて「はなたけ」を手術された某先生の肖像画模写を私に依嘱されましたので、私は四五日その宿屋に通ひました。この原画は豊国の描いた立派なもので、先生は、借物で無くすると困るから通つてくれ……と申されたのです。久保先生は朝早く出られてから夜おそく帰られるため私は自然奥さんと御懇意になり、色々お話を聞くうちに、此奥さんが大の鏡花狂とでも申す位ゐ泉先生のことやその作物に精通されてゐるのに驚いたのです。久保先生の家にお嫁入りしない前から泉先生の物は残らず耽読されてゐたさうです。

そこへ久保先生と御懇意な泉先生が此の宿屋に見えられたので、奥さんの御紹介で計らずも多年憧れてゐた泉先生にお目にかゝつたわけで、実に飛立つ程嬉しい思ひをいたしました。その時の泉先生の第一印象は、「男にも斯ういふ美しい人があるのか……」と深く感に打たれたことです。今でも綺麗な方ですがその時の先生の綺麗さは又格別で、色の白い美男子で、而も何処かに気骨稜々たるところがあつて、私は只もう恍惚となつたものです。

それから久保先生夫人のお取持ちで泉先生に懇《ねんご》ろにして頂き、先生の本が出る時には、大抵その装幀や口絵を承つたものでした。総じて泉先生の作物を絵にする事は非常に困難で、あの幽玄な風格を表はすのは全く至難の業です。

今度の「瀧の白糸」は前申したやうに大変面白く見ました。そして自分の職業柄から今度舞台装置をされた繁岡氏のそれを拝見してよく出来てゐることに感心いたしました。同氏は金沢まで態々《わざわざ》出向いて写生されたさうですが、さうした地方色が頗《すこぶ》る鮮やかに出てゐました。私も先年泉先生に伴《つ》れられて金沢に行きましたが、白糸と欣弥とが逢ふ浅野川に架つた卯辰橋の場、あそこは実にいゝ景色で、繁岡氏はすつかり実景を取込んでありましたが、今度の十何場の中で一番よく出来てゐました。私は各地を旅行して見ましたが、金沢の樹木ほど風情のあるものはおそらく他にないでせう。枝ぶりや色合ひが野育ちでなくて教養があるのです。町や郊外や其外の森のあらゆる樹木が皆さうです。まさか前田百万石の旧城下に育つた木だから氏より育ち……といふわけでもありますまいが、之れには殊の外興味を有たされました。繁岡氏も此教養ある樹木に注目されたかして、序幕から枝振りよき大木を三場に亘つて見せてくれましたが、あれは真に金沢特有ですね。水の美しいことをも珍らしく思ひましたが、兎に角私は斯うした種々相から今度の「瀧の白糸」の芝居は、其演出の是非は別として、芝居全体を頗る興味深く拝見いたしたのであります。

解題

凡例

一、本稿について、本文の構成とは異なり、各篇の発表順としている。

一、特に『日本橋檜物町』に未収録の文章について詳述している。

一、『日本橋檜物町』について、特記なき場合は高見澤木版社版（昭和17・11・20）を指す。

一、初出紙誌や舞台演目の初日などのデータについて、「年」「月」「日」は省き、また元号の「大正」は「大」、「昭和」は「昭」、「平成」は「平」と略した。

「「破れ暦」の舞台と衣裳」（「郊外」第3巻第6号、大13・11・1）

『日本橋檜物町』未収録。タイトルは演目を加えた。

現在確認できる雪岱の初めての文章。内容は「おさん茂兵衛 破れ暦」（公園劇場、大13・9・17、守田勘彌主演、木川恵二郎作）の舞台装置について。「破れ暦」は雑誌「郊外」の中心的な存在である岡野知十の次男、恵二郎による戯曲作品であり、その恵二郎の他界を偲んで上演された。この演目は、小村雪岱が初めて装置を手がけた「忠直卿行状記」（公園劇場、大13・9・4、守田勘彌主演）の二の替わり（初日からの演目が月半ばで入れ替わる）である。

なお、「忠直卿行状記」の開演月については、関連書籍・図録の年譜などで大正十三年（一九二四）八月と表記されてきたが、筋書や都新聞の広告から正しくは「九月」の四日が初日である（ただし「演芸画報」大正十三年十月号には「六日」とある）。

雪岱と「郊外」の関係は深く、その表紙絵を多く手がけ、また昭和二年（一九二七）一月号から同四年十二月号までの表紙のタイトル文字は〝雪岱文字〟（宋朝や明朝の時代の書籍で使用されている書体を参考に、主に装幀の仕事で使用された雪岱による描き文字）が採用されている。

「大和 法隆寺の夢殿」（「資生堂月報」創刊号、大13・11・3）

『日本橋檜物町』未収録。

大正七年（一九一八）から十二年まで化粧品会社の資生堂意匠部に在籍していた雪岱は、雑誌、大正期「花椿」（大9）や「オヒサマ」の挿絵、冊子「化粧」の表紙絵、『銀座』（大10）の装幀と挿絵、香水壜のプロダクトデザイン、また現在も続く資生堂書体の源流である資生堂和文ロゴタイプの制作などを手がけた。

また、退社後も交流が途切れていなかったことが、この「資生堂月報」や後述する昭和期「花椿」への寄稿などから窺える。

なお、雪岱と資生堂の関係については拙稿「小村雪岱と資生堂意匠部」（「日本古書通信」平29・4―6）、「「資生堂書体」とその源流としての「雪岱文字」――小村雪岱と資生堂意匠部」（「タイポグラフィ学会誌10」平29・10）に詳しい。

「「破れ暦」上演の追憶」（「郊外」第5巻第5号、大14・10・1）

『日本橋檜物町』未収録。挿絵あり。

「破れ暦」上演を、主演の守田勘彌を筆頭に田島金次郎、岡野かおるら九人が追憶、その一人として舞台装置を手がけた雪岱も一文を寄せた。挿絵にサインはないが、他の寄稿メンバーの職能を考慮して、雪岱の挿絵として併録した。

「「女楠」の舞台装置に就いて」（「読売新聞」、大15・11・2）

『日本橋檜物町』未収録。談話。

文中にでてくる演目の詳細は左記の通り。

「女楠」（歌舞伎座、大15・10・31）

「楠木正成」（歌舞伎座、大15・5・2）

「句集「道芝」の会の感想」（「俳諧雑誌」第2巻第8号、昭2・8・1）

『日本橋檜物町』未収録。

久保田万太郎の句集『道芝』出版記念会の出席者たちによる感想文。俳誌「俳諧雑誌」は昭和五年（一九三〇）二月に休刊するが、これを引き継ぐような形で俳誌「春泥」が三月に創刊される。「春泥」には雪岱も同人として名前を連ねている。

「荻江露友侘住居——月謡荻江一節第四幕目」（「郊外」第8巻10号、昭2・10・1）

『日本橋檜物町』未収録。

「月謡荻江一節」（帝国劇場、昭2・9・3、守田勘彌主演）の装置についての文章。同じ号に掲載されている守田勘彌「「荻江露友」上演に就て」では、雪岱の装置への好意が述べられている。

「舞台装置家の立場から」（「時事新報」、昭3・3・18）

文中にでてくる演目の詳細は左記の通り。

「足利尊氏」（明治座、昭3・3・4）
「すみだ川」（本郷座、昭3・2・1）
「玄宗の心持」（歌舞伎座、昭2・9・3）
「黄門記」（歌舞伎座、昭2・1・2）

「私の好きな装幀」（「時事漫画」、昭3・10・28）
『日本橋檜物町』未収録。
装幀についての総論。池田蕉園（大正六年没）によるオリジナル鏡花集の挿話は興味深い。

「銀座漫歩の美婦人三例」（「時事漫画」、昭4・1・20）
『日本橋檜物町』未収録。タイトルは見出しの一部を使用。挿絵あり。
雪岱によるファッションチェックといった趣き。

「多情仏心の挿絵に就いて」（「春陽堂月報」第21号、昭4・2・5）
『日本橋檜物町』未収録。転載された挿絵あり。
「明治大正文学全集」第43巻「里見弴」（春陽堂、昭4・2・15、第21回配本）の月報に収録された一文。
里見弴の「多情仏心」は時事新報に大正十一年から一年かけて連載、雪岱が初めて手がけた新聞連載小説の挿絵である。クロッキー調のその挿絵が、時事新報社内で決してよい評判ではなかったことを久保田万太郎が「「多情仏心」と小村さん」（『さんうてい夜話』、昭12）で書いている。

「冷汗を流した長家の立廻り」（「都新聞」（昭4・4・8）
『日本橋檜物町』未収録。
「忠直卿行状記」の舞台装置を手がけることになったきっかけが、歌舞伎役者、守田勘彌の「支配人」（守田家の雑事を差配していた）である田島金次郎（田島断、神田謹三）の誘いであったことを雪岱自身が語った貴重な一文。また田島も「挿話」（『故小村雪岱氏遺作展』、美術新協、昭15）で、雪岱を舞台装置の世界に誘ったのは自分であることを証言している。

田島は、鏡花文学を愛する人達の集いである〃鏡花会〃の発起人でもあり、この会に中途から参加していた雪岱は田島と鏡花会で、もしくは通っていた鏡花邸で出会ったと思われる。

田島金次郎については、拙稿「「雪岱調」の萌芽と挫折——小山内薫「鏡台前」の挿絵」（「Editorship」4、日本編集者学会、平28）、穴倉玉日「新資料　田島金次郎編「鏡花先生著作目録」」上・下（「研究紀要」第11・13号、公益財団法人金沢文化振興財団、平26・28）に詳しい。

「**戯曲と舞台装置**」（「文芸時報」第133号、昭5・5・1）

『日本橋檜物町』未収録。

「**幻椀久舞台装置内輪話**」（「芸術」第9巻第5号、昭6・2・15）

『日本橋檜物町』未収録。

「幻椀久」については「冷汗を流した長家の立廻り」（昭4・4）、「舞台装置余談」（昭10・8）でも取り上げている。

なお、「幻椀久」で主演を務めた尾上菊五郎は、雪岱によるその装置が横山大観によって酷評されたが、「烈しい努力」をして雪岱調の装置をつくりあげたことを「雪岱さんを偲ぶ」（「大衆文芸」、第2巻第12号、昭15・12）で書いている。

文中にでてくる演目の詳細は左記の通り。

「幻椀久」（歌舞伎座、昭3・6・1）

「**丸顔美人**」（「読売新聞」、昭6・2・25）

『日本橋檜物町』未収録。談話。タイトルは見出しより。

「**色の使ひ方**」（「読売新聞」、昭6・2・26）

『日本橋檜物町』未収録。談話。タイトルは本文より。

「**自分の好きな色**」（「読売新聞」、昭6・11・7）

『日本橋檜物町』未収録。談話。タイトルは本文より。

「**羽根の禿のこと**」　（「雑味」第5号、昭6・12・20）

『日本橋檜物町』未収録。

雪岱舞台装置による菊五郎の「羽根の禿」「浮かれ坊主」の初演は東京劇場（昭6・3・1）で、歌舞伎座でも昭和九年（一九三四）と十五年に再演（昭9・1・2／昭15・1・2）されている。

また初演以前に、第四回菊葉会（昭5・12・28）で尾上菊枝が「羽根の禿」を踊っており、この舞台装置も雪岱が手がけている（「きく葉」第四号）。

羽子板の図版は第二期「春泥」第4号／小村雪岱号（昭15・12）に掲載されている「羽子のかぶろの暖簾」で使用されているもの。

「**花によそへる衣裳の見立**」　（「家庭」第2巻第9号、昭7・9・1）

『日本橋檜物町』未収録。顔写真あり。

「**阿修羅王に似た女**」　（「オール讀物」第3巻第1号、昭8・1・1）

『日本橋檜物町』未収録。カットあり。

「女を描く苦心」という特集で、雪岱の他に岩田専太郎と清水三重三が文章を寄せている。

また、文中の〝おしゃく〟について、雪岱の弟子筋の山本武夫が「師小村雪岱」（『小村雪岱画譜』龍星閣、昭31）で、『小村雪岱画集』（高見澤木版社、昭17）の出版記念会に〝おしゃく〟である〝いく代さん〟が現れたことを取り上げている。

「**夢の中の美登利**」　（東京日日新聞、昭8・7・26）

『日本橋檜物町』では初出不詳とされている。

「芸術」第十七巻第三号（昭14・1・25）や、「小村雪岱画伯追悼」を謳った「大衆文芸」第二巻第十二号（昭15・12）に再録されており、それぞれ細部の表現が異なるが、本書では初出の「東京日日新聞」をベースとしつつ、雪岱の朱筆が反映されていると思われる「芸術」版も参照した。

「教養のある金沢の樹木」

（「演芸画報」第27巻第9号、昭8・9・1）

雪岱が鏡花との出会いを語っている文章の一つ。文本書への収録にあたって大きな修正を加えている。文章の終盤、雪岱と鏡花の出会いの場面で、『日本橋檜物町』では「久保先生のお取持ちで」とされているが、初出誌では「久保先生夫人のお取持ちで」と、雪岱は書いている。

雪岱と鏡花の出会いについては、「久保猪之吉博士紹介にて泉鏡花と知る。」と『雪岱画集』（昭17）の「年譜」に掲載されて以降、二人の間を取り持ったのは猪之吉であるという表記が雪岱文献の年譜などで踏襲されてきたが、ここでは夫人の久保より江がその役割を果たしている。二人の出会いについては今後、改めて検討する必要があるだろう。

「奈良――盛夏より新秋へ」

（「婦人之友」第27巻第9号、昭8・9・1）

『日本橋檜物町』未収録。タイトルは本文より。「盛夏より新秋へ」という特集名はサブタイトルとした。雪岱と妻八重の写真あり。

「新小説社設立の推薦文」

（「御挨拶」、昭8・9）

『日本橋檜物町』未収録。タイトルは文意より。

春陽堂で長く番頭を務めた島源四郎の独立、新小説社設立にあたっての挨拶状「御挨拶」に掲載されている。春陽堂和田利彦による島源四郎の紹介から始まり、島本人による挨拶、そして長谷川伸、里見弴、菊池寛、久保田万太郎、恩地孝四郎、小村雪岱ら六人による推薦文が掲載されている。長谷川伸は島の義兄であり、その独立にあたって伸は後ろ盾となり大いに支えた。

新小説社は昭和十四年（一九三九）に雑誌「大衆文芸」（第三次）を創刊し、雪岱は創刊号から「名作絵巻」と題して六回連続で作品を寄せている。昭和十五年十月の雪岱の他界に対して「大衆文芸」は昭和十五年十二月号で特集「小村雪岱画伯追悼記」を組んでおり、編集後記には「今月は、本誌とも誌縁浅からぬ、小村雪岱画伯の追悼記を、生前御関係深かりし各界代表の方々に乞ふて特集した。画伯の多岐多彩なる業績をかへりみるとき、今更に哀惜の感一入《ひとしほ》なるものがある。」と「S」と署名された島と思われる人物による追悼文がある。

新小説社と島については、島が自身の出版人生を語った「出版小僧の思い出話」（「日本古書通信」、昭59・7—12、60・2—7）に詳しい。

「文学的挿絵」（「東京日日新聞」、昭9・1・5）

『日本橋檜物町』未収録。

佐藤碧子の連載小説「女性の出発」の挿絵を手がける山本丘人への推薦文。碧子への推薦文「昭和の一葉」は川端康成による。

「春と女」（「東京日日新聞」、昭9・4・23）

挿絵あり。

『日本橋檜物町』では「春の女」となっているが、初出紙にならって「春と女」とした。

「長谷雄草紙礼賛」（「報知新聞」、昭9・5）

「長谷雄草紙」は紀長谷雄についての絵巻。重要文化財となっている。

「初夏の女性美」（「福岡日日新聞」、昭9・5）

「福岡日日新聞」にこの一文が掲載された時、その紙面では白井喬二「続篇　藤三行状記」（昭9・4—11）が連載しており、雪岱はその挿絵を手がけている。

同じ白井の夕刊連載小説、「藤三行状記」（昭8・5—12）、「柳沢双情記」（昭11・12—昭12・10）、また川口松太郎「さくら吹雪」（昭和14・5—12）の挿絵も手がけている。

「映画片々語」（「東京日刊キネマ」、昭9・6）

雪岱が連載時に挿絵を手がけ、挿絵画家としての名声を確固たるものとした邦枝完二「おせん」（「朝日新聞」、昭8・9—12）の映画化についての一文。公開は昭和九年（一九三四）五月。

「見立寒山拾得」（「オール讀物」第4巻第8号、昭9・8・1）

『日本橋檜物町』未収録。挿絵あり。

「仏像讃」（「国民新聞」夕刊、昭9・8・17）

『日本橋檜物町』未収録。

雪岱が寺社や仏像に傾倒していたのは、肉筆による作品があることからもよく知られているが、趣味としての仏像が語られている興味深い一文。

「雨月物語の装釘」（「書物評論」第1年第3号、昭9・9・1）

『日本橋檜物町』未収録。カットあり。

架空の装幀本について語られている。

「「お伝地獄」の挿画の抱負」（「読売新聞」夕刊、昭9・9・9）

好評を博した新聞連載小説「おせん」に続き、邦枝完二と組んで挿絵を手がけた。

昭和十年（一九三五）に『お伝地獄』（千代田書院）として単行本化され、翌昭和十一年には「邦枝完二代表作全集」第一巻（新日本社）としても刊行されている。両書とも雪岱が装幀を手がけている。

「この頃銀座通でみた或婦人の記憶画」（「生活と趣味」第1巻第2号、昭9・9・12）

『日本橋檜物町』未収録。挿絵二点あり。

「生活と趣味」第三巻第二号（昭11・3）には伊東深水、雪岱、佐野繁次郎の鼎談「画家と舞台装置家の立場から」が掲載されている。

「大阪の商家」（「大阪毎日新聞」、昭10・2）

「「春琴抄」のセット――芸術における真実について」（「サンデー毎日」第14年第17号／春の映画号、昭10・4・1）

同じ見開き頁には、「春琴抄」の原作者、谷崎潤一郎による「映画への感想――「春琴抄」映画化に際して」も掲載。

『日本橋檜物町』、中公文庫版、平凡社版では初出誌発行月が三月となっているが、本書では四月一日とした。

「舞台装置余談」（「現代美術」第2巻第5号、昭10・8・1）

『日本橋檜物町』未収録。

「羽根の禿のこと」（昭6・12）と同様の内容。

「挿絵のモデル――個性なき女性を描いて」（「ホーム・ライフ」第1巻第2号、昭10・9・1）

挿絵あり。

「「註文帳画譜」」（「註文帳画譜」内容見本、昭10）

『日本橋檜物町』では初出不詳とされている。内容見本には奥付にあたる表記がないため、『註文帳画譜』の発行年を参照した。

『註文帳画譜』は、泉鏡花による原作、鏑木清方による画で刊行された版画集である。清方は鏡花の「註文帳」を素材として展覧会（「郷土会」第12回展）出品作品を制作し、その後新小説社が複製し販売した。内容見本には鏑木清方による解説の他に、三宅正太郎、水上瀧太郎、久保田万太郎、里見弴、木村荘八、小村雪岱、恩地孝四郎、佐藤春夫、長田幹彦、長谷川伸ら十人による「推薦のことば」が掲載されている。

「「浪人倶楽部」の挿画の抱負」（「読売新聞」夕刊、昭10・12・12）

『日本橋檜物町』未収録。

村松梢風『浪人倶楽部』は昭和十五年（一九四〇）に文昭社より二分冊で単行本化されたが、その装幀も雪岱が手がけている。

「**身辺雑感**」（「塔影」第12巻第2号、昭11・2・15）
『日本橋檜物町』未収録。

「**芝居の衣裳の話**」（「現代美術」第3巻第7号、昭11・7・1）
『日本橋檜物町』未収録。
文中の演目の詳細は左記の通り。
「岩倉具視」（歌舞伎座、昭8・4・1）

「**一本刀土俵入の舞台**」（「アトリエ」第13巻第9号／舞台美術号、昭11・9・1）
『日本橋檜物町』未収録。舞台写真四点あり。
文中の演目の詳細は左記の通り。
「一本刀土俵入」（東京劇場、昭6・7・3）

「**好きな顔**」（「オール讀物」第6巻第9号、昭11・9・1）
『日本橋檜物町』未収録。守田勘彌、坪内美子の顔写真あり。

「**流行**」（「スタイル」第1巻第6号、昭11・11・1）
『日本橋檜物町』未収録。談話。

「**女を乗せた船——忘れ得ぬ女**」（「オール讀物」第6巻第12号、昭11・12・1）
『日本橋檜物町』では初出不詳とされている。
サブタイトルの「忘れ得ぬ女」は、初出誌の特集「忘れ得ぬ女——抒情画譜」より。

「**古寺巡り**」（「モダン日本」第8巻第1号、昭12・1・1）

「**表紙は鹿革**」（「東京朝日新聞」（昭12・1・6）
『日本橋檜物町』未収録。
現在確認できている雪岱装幀本の中で、泉鏡花『鏡花双紙』の一冊だけが革装の本だが、ここで述べられているような装幀ではなく、函付の小型本である。

「新聞小説の挿絵――「忠臣蔵」を調べる」

（「ホーム・ライフ」第3巻第2号、昭12・2・1）

挿絵あり。

「新聞小説の挿絵」という特集で、雪岱の他に岩田専太郎、鏑木清方、木村荘八、河野通勢《みちせい》、小林秀恒、高岡徳太郎、中川一政、硲《はざま》伊之助ら八人の挿絵画家が、手がけた挿絵とともに文章を寄せており、雪岱は報知新聞で連載された矢田挿雲「忠臣蔵」（昭10―15）について書いている。初出誌の見出し「『忠臣蔵』を調べる」はサブタイトルとした。

「推古仏――私のモデル」

（「サンデー毎日」第16年第11号／春季特別号、昭12・3・5）

『日本橋檜物町』未収録。挿絵あり。

「私のモデル」という特集で、雪岱の他に、高岡徳太郎、小林秀恒、鍋井克之、宮本三郎、岩井専太郎ら五人の画家が絵と文章を寄せている。

「私の世界」

（「美術街」第4巻第3号、昭12・6・1）

『日本橋檜物町』未収録。図版一点。

「私はとう〳〵帝展には一回も搬入しなかった。」と書かれているが、実際には東京美術学校を卒業した後に文部省美術展覧会（通称文展）に二度出品しており、どちらも落選してその後文展へは出品しなかったことを『日本橋』の版元、千章館の社主である堀尾成章が証言している。雪岱はこの二度目の出品にあたって泉鏡花より画号〝雪岱〟を授かり、その画号に旧姓の小村を合わせ（本名は安並泰助）、〝小村雪岱〟を名乗ることになる。

また、東京美術学校に入学前に荒木寛畝《かんぽ》の画塾に通っていたことも書かれているが、そこで学んだものは、画風といったものではなく、技術的なことであったと推察される。

雪岱が唯一所属した団体である「国画院」にも触れておきたい。国画院は松岡映丘を盟主として昭和十年（一九三五）九月十七日に創立された。映丘以下、雪岱含めて計十人の同人（残りの八人は狩野光雅、吉村忠夫、高木保之助、穴山勝堂、吉田秋光、岩田正巳、服部有恆）、準同人として他二名（長谷川路可、遠藤教三）による立ち上げであった。

その後、国画院第一回展が昭和十二年四月十一日から十六日（十一日は招待枠）に麴町区大手町永楽倶楽部にて開催され、雪岱は「影向」（絵巻物一部）の他に、挿絵を元にした「江戸役者三題」と「おせん三題」、邦枝完二の小説で手がけた挿絵を元にした作品を出品している。

これらは、『国画院同人作品集』（国画院編、柏林社、昭12・6・17）で見ることができる。

「夏草」（「サンデー毎日」第16年第33号／夏季特別号、昭12・7・1）

『日本橋檜物町』未収録。タイトルは本文より。

「夏景小品」という特集で、雪岱の他に、八人の画家が絵と短文を寄せている。それぞれ和歌や俳句などを引用し、各自のテーマとしている。

「女優にみる浮世絵の線」（「映画之友」第15巻第12号、昭12・12・1）

『日本橋檜物町』未収録。談話。雪岱の写真あり。

連載グラビア「フォトインタヴュー」のうちの一つ。

「私の好きな女三態」（「モダン日本」第9巻第1号、昭13・1・1）

『日本橋檜物町』未収録。挿絵三点あり。

「舞台装置の話」（「花椿」第2巻第1号、昭13・1・1）

雪岱の写真と舞台装置図あり。

資生堂の意匠部を離れてから約十五年過ぎてからの古巣の雑誌への寄稿は、両者の友好的な関係の証左であろう。

「春の女——笹鳴き」（「ホーム・ライフ」第4巻第1号、昭13・1・1）

『日本橋檜物町』未収録。挿絵一点あり。

タイトルは初出誌の特集「春の女」より。雪岱の文章のタイトル「笹鳴き」はサブタイトルとした。

「入谷・龍泉寺」（「東京朝日新聞」昭13・3・15／16／17）
三回にわたって掲載されたものをまとめた。

「松岡先生と演劇」（「塔影」第14巻第4号／松岡映丘追悼特集、昭13・4・18）

『日本橋檜物町』未収録。

雑誌「塔影」の松岡映丘追悼特集のうちの一文。文中にでてくる演目「鶴亀」「葵上」はそれぞれ「鶴寿千歳」（歌舞伎座、昭3・11・1）、「源氏物語　葵之巻」（歌舞伎座、昭5・3・1）を指していると思われる。この二つの演目は雪岱と映丘、二人の共同の舞台装置だが、「鶴寿千歳」の筋書（公演のパンフレット）には雪岱の、番組（筋書より判型が小さく、頁数も少ない簡易のパンフレット）には映丘の名前のみ表記されており、「演芸画報」には二人の名前が併記されている。なお「源氏物語　葵之巻」は秋穂長三に「歌舞伎座の巻　呆れ返へつた「葵の巻」」（「読売新聞」昭5・3・11）で酷評されている。

二人の共同の装置は他に映丘が顧問、雪岱が装置を担当している「国芳の出世」（東京劇場、昭8・11・5）を確認している。

「冷汗を流した長家の立廻り」（昭4・4）の解題でも述べたが、雪岱を舞台装置の世界に引き入れたのは守田勘彌の「支配人」田島金次郎である。近年、その役割の人物に松岡映丘の名前を挙げる文献（「小村雪岱略年譜」、『意匠の天才　小村雪岱』平28）も見られる。おそらくは、村松梢風の「本朝画人伝　松岡映丘」（「中央公論」第55年第12号、昭15・12）にある「舞台装置家としての映丘の後継者は小村雪岱であつた。」といった表現を根拠にしていると思われる。確かに雪岱は映丘が主宰した団体、国画院の設立から所属しており、先述したように共同で舞台装置を手がけるなど、二人はかなり深い関係ではあるが、映丘が雪岱を舞台装置の世界に引き入れたという両者による証言は確認できていない。また、この梢風の文章の一部は「松岡先生と演劇」をほぼトレースしていることも付け加えておきたい。

「民謡と映画」　（「ニッポン」、昭13・7）

「観音堂」　（「中央公論」第54年第6号、昭14・6・1）

挿絵あり。

「秋茄子と唐辛」　（「花椿」第3巻第9号、昭14・9・1）

『日本橋檜物町』未収録。挿絵あり。

「泉鏡花先生のこと」　（「ホーム・ライフ」第5巻第11号、昭14・11・1）

談話。掲載頁に鏡花の写真あり。

昭和十四年九月七日の鏡花の逝去に対して、出会いを含めた二人の思い出を綴っている。その出会いの場にいた「久保氏夫人よりえさん」が「娘時代」から鏡花作品の愛読者であったため、親交があったことに言及している。

「初めて鏡花先生に御目にかゝつた時」　（「図書」第5年第50号／泉鏡花号、昭15・3・5）

『日本橋檜物町』未収録。カットあり。

岩波書店より刊行が始まる「鏡花全集」に合わせての泉鏡花特集。表紙では「泉鏡花号」と謳われている。雪岱の他に谷崎潤一郎、鏑木清方、里見弴、水上瀧太郎、寺木定芳、佐藤春夫、濱野英二、久保田万太郎ら八人が寄稿している。

雪岱が鏡花との出会いを語っている文章の一つだが、『日本橋檜物町』未収録だったために、二人の出会いの年は『雪岱画集』の「年譜」にある明治四十年（一九〇七年）とされ、ここで書かれている「明治四十二年の夏」は長らく軽んじられてきた。拙稿では一貫して「明治四十二年」を二人の出会いの年として採用している。詳細は拙稿「雪岱文字の誕生――春陽堂版『鏡花全集』のタイポグラフィ」（「タイポグラフィ学会誌08」平27・9）に詳しい。

「木場」

（「改造」第22巻第6号、昭15・4・1）

挿絵あり。

「日本橋檜物町」

（「改造」第22巻第8号、昭15・5・1）

挿絵あり。

このタイトルは雪岱没後の昭和十七年に刊行された随筆集の書名として採用されている。

「泉鏡花先生と唐李長吉」

（岩波書店版「鏡花全集月報」第2号、昭15・5）

泉鏡花の写真あり。

「水上瀧太郎氏の思出」

（「中央公論」第55年第5号、昭15・5・1）

水上瀧太郎は本名を阿部章蔵といい、明治生命の幹部として働く傍ら、作家としても活躍した。鏡花からの信頼の厚さは引用されている『鴛鴦帳』の序文の通りである。九九九会のメンバーであり、その著書の装幀を『海上日記』（春陽堂、大六）以降、雪岱は多く手がけている。

「九九九会のこと」

（「三田文学」第15巻臨時号／水上瀧太郎追悼号、昭15・5・15）

「九九九」の読み方については、雪岱の葬儀の手伝いもしている戸板康二が書き残した「きゅうきゅうきゅう」を採用した。ただし、春陽堂版「鏡花全集」に収録されている「九九九会小記」のルビとは異なる。

泉鏡花を中心とした会合である九九九会は昭和三年（一九二八）五月より、日本橋の料亭「藤村」にて二十三日を定例日とし、催されるようになった。だが、実際には大正十二年（一九二三）の関東大震災以前より、この会合があったことが確認されている。

昭和期の九九九会については山本武夫の「九九九会

と藤村家」（「鏡花全集月報」第9号、昭49・7）、大正期の九九九会については拙稿「小村雪岱とその周辺　大正期九九九会」（日本古書通信、平28・3／4）に詳しい。

なお、水上瀧太郎追悼号は再版の際に、瀧太郎の写真が追加で掲載されている。

「「山海評判記」のこと」（岩波書店版「鏡花全集月報」第3号、昭15・6）

泉鏡花の写真あり。

鏡花の新聞連載小説「山海評判記」についての一文。雪岱は挿絵を手がけており、近年、全挿絵を収録した『初稿　山海評判記』（田中励儀編、平26）が刊行され、その全貌を見渡すことができる。

「大音寺前」（「改造」第22巻第10号、昭15・6・1）

挿絵あり。

「花火——夏の粧ひ」（「オール讀物」第10巻第8号、昭15・8・1）

挿絵あり。サブタイトルは、初出誌の特集「夏の粧ひ」より。

「「参宮日記」と「日本橋」のこと」（岩波書店版「鏡花全集月報」第5号、昭15・9）

泉鏡花の写真の他に、『参宮日記』の鰭崎英朋による口絵写真と『日本橋』の雪岱による見返しの写真あり。

「歌右衛門氏のこと」（「報知新聞」、昭15・9）

雪岱が舞台装置家として活躍できた大きな理由は、中村歌右衛門に認められたことが大きい。この長文の追悼文から歌右衛門への強い思いが窺える。

「羽子のかぶろの暖簾」（第二期「春泥」第4号／小村雪岱号、昭15・12・30）

『日本橋檜物町』では初出不詳とされている。

雪岱を追悼する「小村雪岱号」の雑誌、第二期「春泥」に掲載された。同人として名を連ねていた第一期「春泥」では、雪岱は表紙絵も多数手がけ、「郊外」と同様にタイトル文字も手がけている。また、大場白水郎『縷紅抄』、伊藤鷗二『鷗二句集』、槇金一『玉屋雑記』など同人の著書の装幀を手がけている。

　雪岱の他界に際して各誌に追悼文が寄せられたが、特集を組んだ雑誌は島源四郎の「大衆文芸」と「春泥」の二誌である。

　その早すぎる死への友人たちや関係者の反応については拙稿「小村雪岱とその周辺　雪岱を送る」（「日本古書通信」平28・8―平29・3、平29・7―8）に詳しい。

　その後、「演芸画報」第三十五年第十号（昭16・10）と「演劇と舞踊の図解」第六編（昭18・1）に再録されている。

「原作者と舞台監督と舞台装置者」

（「演芸画報」第35年第10号、昭16・10・1）

　雪岱の他界後に年譜作成を依嘱された田島金次郎が資料整理にあたっている時に「羽子のかぶろの暖簾」とともに見つけ、雪岱の追憶展と遺作展が九月から十月にかけて催される一周忌を節目に、二点同時に掲載された。過去に雑誌などに掲載された様子はなく、雪岱の妻八重によれば、「頼まれれて書いたもので多分遅れたので其儘にして了ったのでせう」、とある。二点の文章のうち「羽子のかぶろの暖簾」は他界直後に第二期「春泥」に掲載されている。

（編者）

解説

小村雪岱は、装幀家として、また、挿絵画家、舞台装置家として、大正から昭和初期にかけて活躍した。

その活躍の嚆矢は、独自の小説世界を築いていた泉鏡花の書き下ろし小説集『日本橋』（千章館）の美装であった。木版摺りによる函、表紙、見返しでそれを彩り、装幀家として大正三年（一九一四）にデビューしたのだ。そこで鏡花の信頼を得た雪岱は、続くほとんどの鏡花本の装幀を手がけることになる。

鏡花との出会いは「明治四十二年の夏」、久保より江の紹介によるものだった。東京美術学校日本画科選科を卒業したとはいえ、まだ無名の芸術家でしかなかった雪岱は、鏡花の人間関係に身を投じることで、そこを起点として世界を大きく拡げていく。

鏡花との相識を得た雪岱は、鏡花の土手三番町の家を訪れるようになる。そこで出会った堀尾成章は後に千章館を立ち上げ、雪岱に『日本橋』の装幀を依頼する。また、明治四十一年（一九〇八）に始まった鏡花文学の愛好者による集い〝鏡花会〟

にも参加するようになった雪岱を、その発起人である田島金次郎は後に舞台装置家として劇界に誘い入れた。さらに鏡花を中心とした会合、大正期〝九九九会〟のメンバーである里見弴はまだ挿絵画家として実績のない雪岱に「多情仏心」(時事新報)の挿絵を依頼し、雪岱は初めて新聞連載小説の挿絵を手がけることになる。装幀、挿絵、舞台装置、それぞれの仕事のきっかけに、鏡花の人間関係が介在していることがわかる。(ちなみに妻となる八重を雪岱に世話したのも鏡花である。)なにより「雪岱」という画号を授けたのが、鏡花であった。

「同君の一生の大半の運命といふものは泉先生に関したと云つても過言でないと思ふ。」と堀尾は書いているが、確かに雪岱の仕事は、いや「雪岱」自身さえも、鏡花無くして存在し得なかったと言っても過言ではない。

本書に収録されている文章は当然ながら鏡花やその周辺の人物について書かれたものが多くある。ここで挙げた人物の名前もそこかしこに垣間見ることができるだろう。

今回の収録にあたってはなるべく初出の雑誌、新聞にあたり、参照した。オリジナルの文章は決して洗練されたものとは言えないが、敢えて初出にこだわった理由は、『日本橋檜物町』（高見澤木版社、昭和十七年）編集方針への疑義にある。「教養のある金沢の樹木」（「演芸画報」、昭和八年九月）を取り上げてみると、初出誌では「それから久保先生夫人のお取持ちで…」となっているところが、『日本橋檜物町』では「それから久保先生のお取持ちで…」と「夫人」が削除されているのだ。「教養のある金沢の樹木」は雪岱と鏡花の出会いが書かれた貴重な文章の一つであり、どういった意図があったかは不明だが、その文章が単行本収録の際に修正されていた事実は、二人の出会いの焦点を当てることも叶わず、ぼかしてしまっていると言っていいだろう。今回初出を参照した編集作業によって、こういった事実を提示できたのは意義のあることだと考えている。

また『日本橋檜物町』には三十篇の文章が収録されているが、本書では新たに四十四篇の文章を加え、計七十四篇の文章で構成した。長いものから短いものまで、内容も多岐に亘り、雪岱の新たな側面を見ることができるのではないだろうか。

特に舞台装置についての文章は充実している。似た内容も多いが、それだけ雪岱がその内容にこだわったことがわかるとも言えるだろう。

初出紙誌では雪岱による挿絵や舞台装置図などが文章と併せて掲載されていることが多々あるが、本書でも可能な限りそれらを併録した。装幀家、挿絵画家、舞台装置家としての雪岱が書く文章との相乗効果を楽しんで頂ければと願う。

近年、雪岱の仕事への再評価は高まるばかりであり、関連書籍の刊行や展覧会が続いている。とはいえ、雪岱の研究はまだ充分とはいえないのが現状である。本書の刊行がその研究を一歩でも進めるきっかけになれば幸いである。

編　者

小村雪岱（こむら・せったい）本名安並泰助（旧姓小村）
明治二十年（一八八七）、埼玉県川越市生まれ。明治四十一年（一九〇八）、東京美術学校日本画科選科卒業。大正三年（一九一四）、泉鏡花『日本橋』（千章館）の装幀を手がけ、以後、鏡花本のほとんどの装幀をまかされる。また、水上瀧太郎や久保田万太郎、里見弴、昭和にはいってからは邦枝完二や長谷川伸、子母澤寛ら、大衆小説作家らの著書の装幀を多く手がけている。挿絵画家としては邦枝完二の新聞連載小説「おせん」や「お伝地獄」で確固たる地位を築き、舞台装置家としては守田勘彌「忠直卿行状記」を嚆矢として、中村歌右衛門や尾上菊五郎の舞台の装置を多く手がけた。昭和十五年（一九四〇）歿。昭和十七年（一九四二）、『日本橋檜物町』『雪岱画集』（高見澤木版社）刊行。

真田幸治（さなだ・こうじ）
昭和四十七年（一九七二）、神奈川県横浜市生まれ。平成八年（一九九六）、日本大学芸術学部美術学科卒業。現在、装幀家。小村雪岱研究をライフワークとしている。論文に「雪岱文字の誕生――春陽堂版『鏡花全集』のタイポグラフィ」（「タイポグラフィ学会誌08」平27・9）、「資生堂書体とその源流としての「雪岱文字」――小村雪岱と資生堂意匠部」（「タイポグラフィ学会誌10」平29・10）など。

協力　加藤仁、堀口稔、山中剛史

小村雪岱《こむらせったい》随筆集《ずいひつしゅう》

二〇一八年二月十五日　第一刷発行
二〇二〇年七月十五日　第三刷発行

著者　小村雪岱
編者　真田幸治
発行者　田尻　勉
発行所　幻戯書房
〒一〇一-〇〇五二
東京都千代田区神田小川町三-十二
岩崎ビル二階
TEL　〇三（五二八三）三九三四
FAX　〇三（五二八三）三九三五
URL　http://www.genki-shobou.co.jp/
印刷・製本　中央精版印刷

ISBN978-4-86488-140-1 C0095